偽聖女はもふもふちびっこ獣人を守るママ聖女となる

2

著 k-ing《キング》

Illustration: 緋いろ

Niseseijo ha
mofumofu chibikko jujin wo
mamoru mamaseijo to naru

アルヴィン
公爵家の三男で、元騎士団の一員。
現在は孤児院で
真実の護衛をしている。
無愛想だが押しに弱く、
案外素直。
本庄《ほんじょう》 真実《まみ》
本作の主人公。
聖女召喚に巻き込まれた後、
孤児院の管理役になる。
元看護師で、綺麗好き。
ポッポ
ハトに似た獣人。
テバサキを妹のように
思っている。
リリ
リスっぽい獣人。
ふわふわの尻尾が自慢。
テバサキ
大きなニワトリの姿をした魔物。
驚いた拍子に卵を産むことがある。

グシャ公爵令嬢
王子の婚約者候補。
高飛車ですぐに人に突っかかる。
橘《たちばな》 聖《せい》愛《あ》
聖女として召喚された女子高生。
真実の受け持つ患者の孫。
現在は貴族学園に通っている。
バッカア
ちょっとおバカな貴族出身の騎士。
なぜか真実に会うたび絡んでくる。
レナード
騎士団の命令で
真実を守る男装の麗人。
アルヴィンとは学生時代からの
ライバル関係。
主な登場人物
Main Characters

序章　二人の異世界人

私――本庄《ほんじょう》真実《まみ》が聖女召喚に巻き込まれ、異世界に来てから約三ヶ月が経《た》った。

召喚された当時は何がなんだかわからず、生き延びようと必死だった。

この国の宰相に頼んで孤児院での仕事を与えてもらい、これでどうにか生きていけると思ったのを覚えている。

だが、孤児院の子ども達が死にそうになっているのを助けたり、悪い貴族に目を付けられ誘拐《ゆうかい》されたりと、異世界での生活は想像を超えることだらけだった。色々なトラブルを乗り越え、今の私はちびっこ達に癒《いや》される日常を過ごしている。

ここに来た当初は初夏に似た心地よい季節だったが、今は猛暑も終わり涼しさが増してきた。

それだけ月日が経ったのだと実感する。

そして、今日もいつも以上に孤児院は賑《にぎ》わっていた。

「聖女様、これで合っていますか？」

「大丈夫ですよ」

「へへへ、俺も勉強したらできるじゃないか」

「これで俺達も騙《だま》されずに済むな」

最近は孤児院に冒険者達も集まるようになった。

孤児院で私に勉強を教えてもらったという情報が、手伝いに来ていた奥さんから広がり、それなら俺らも行こうと考えたらしい。相変わらず彼らはなぜか私を聖女と呼んでいる。

ちなみに、冒険者達が学びたいと思う理由はいくつかあった。

その中でも最たるものが、計算ができないことだ。

冒険者はパーティーを組んでいる場合、普通は報酬《ほうしゅう》を人数分に分ける。

ただ、その場で作った即席パーティーだと、報酬を貢献度《こうけんど》によって分けようとして揉《も》めることが多いらしい。その時に計算ができない人は話にも入れないし、騙されやすい。

実際、報酬に関する詐欺《さぎ》事件は頻繁《ひんぱん》に起きていた。

それに悩んでいた冒険者達が、夫婦揃《そろ》って孤児院に来るようになったというわけだ。

私としては、冒険者夫婦が孤児院に来ることは歓迎だ。大人が多い方が子どもの面倒を見てもらえるし、何かあった時も大人が対応できる。

「マミさんには迷惑かけてばかりね。今日も野菜を置いていくから使ってね」

「いつもありがとうございます」

近所の人達とも関わりが増えて、本当に助かっている。

私が外に働《はたら》きに行けず暇《ひま》を持て余していたのも解消され、今の孤児院にとってはありがたいことだらけだった。

子育ては持ちつ持たれつっていうのは、実際に経験してみると本当だとわかる。

奥さん達や冒険者たちが来てくれることで、本当に以前より楽になった気がする。

彼らに刺激をもらっているのは、子ども達も同じだ。

「キキさん、これはどうしたらいいですか？」

「ここの数にはおっちゃんも入れないと、お金がもらえないよ？」

「ああ、俺もちゃんと含《ふく》めないといけないのか」

狐っぽい獣人の子——キキは、私の助手として大人達に勉強を教えている。

勉強したことを身につけるには、インプットしたものをアウトプットする環境が大事だ。私が問題を作って実践させようと思っていたけれど、キキは自然とそれをやっていた。

「おじさんここ違うよ？」

「おっ、本当か？」

それを見ていたちびっこも、楽しそうに一緒になって勉強している。

大人が子どもに教えられるなんて、普通は嫌な気持ちになるんじゃないかと心配したが、冒険者達は子ども達に優しかった。

冒険者ギルドでは子ども達に何かしたら、聖女からの天罰が降《くだ》るという噂《うわさ》が広まっているのが原因だろう。

本当にどこから噂が広がっているのかわからないが、あまり話が大きくならなければいい。

また、関わりが増えたのは勉強をしている子達だけではない。

「おじさん達の負け！」

「今のは手加減しただけだ」

虎に似た獣人のトトみたいなやんちゃな元気な子は、冒険者と気が合うのか、遊んでもらったり剣の稽古をつけてもらったりしている。今も鬼ごっこに似た遊びを庭でしているようだ。

みんなが楽しそうに生活が送れているだけで私は満足だ。

一方、私達女性陣も料理などを通して交流し、仲を深めてきた。

今日も台所から出て大きく息を吸い、お互いを見てから声を揃えて叫ぶ。

「みなさん、ご飯ができましたよ！」

孤児院に響《ひび》く、昼時を伝える女性陣の声。それと同時に戦いが始まる。

「待ってましたああああ！」

「俺が一番！」

私は他の女性達と一緒に、たくさんのそうめんが入ったざるを持って移動する。

すると、庭で遊んでいた冒険者達も、子どもと競《きそ》うように走ってきた。

最近気づいたが、私の護衛のアルヴィンを筆頭に、孤児院に来ると子どもっぽく振る舞う男性が増えている気がする。

この世界には、少年の気持ちを忘れていない男性が多いのだろうか。

いや、そもそも男性の中には、女性と比べて子どもっぽいところがある人もいるもんね。

どこの世界でもそれは共通のようだ。

「マミ先生、準備できたぞ」

ちょうどアルヴィン達も準備ができたようだ。

せっかくならと思ってアルヴィンに提案したことが本当にできるとは思わなかった。

「ママ先生、これで何をするの？」

狼獣人っぽい子どもであるクロを始めとする孤児院の面々は、何をするのかわからないまま、ただただ言われた通りについてきたらしい。

「そうめんって言ったら、一度でもいいからこれをやらないとダメでしょ！」

私の目の前には、竹のような植物を半分に割り、それを繋《つな》げて作られた細長い台が置いてあった。

これでやることといったら、当然流しそうめんだ。

もうそろそろ秋になってしまいそうなので、その前にやっておきたいイベントだった。

石鹸《せっけん》を作るための容器を用意した時、竹のようなものでできた器《うつわ》を見かけたのがこれをやろうと思ったきっかけだ。なんとなく節《ふし》のようなものがある容器が気になって、商店街にいる職人さんにこの世界に竹という植物があるか確認したら、似たような植物が存在しているとわかった。

次の日には実物を持ってきてくれたため、それをもらい受け、勉強をしに来る冒険者と協力して流しそうめんの台を作っていたのだ。

冒険者も何をするかわからないのに、よく指示通りに協力してくれた。その分、今日は思い切り楽しんでほしい。

「みなさんつけだれを一つずつ持ってくださいね」

持参してもらったお皿にお出汁《だし》を入れていく。

この世界には箸《はし》が存在しないため、フォークでそうめんを食べる予定だ。

隙間があるフォークでは台からそうめんを取る時にすり抜けていくから食べにくいと思ったが、人数が多い分誰かが取り逃がしても他の人が取るだろうし、ちょうどよさそうな気がする。

大人と子どもが交ざった状態で、ついに戦いが始まった。

「いきますねー！」

アルヴィンが水属性《みずぞくせい》魔法《まほう》を使い、水とともに少しずつそうめんを流していく。

そうめんは少し取りやすいように、一口サイズに丸めている。

初めはコロコロと転がり、そうめんが解《ほぐ》れながら流れていく。

「おー！」

周囲から歓声が湧き上がる。

タイミングが中々合わないのか、大人達は流れていくそうめんを取るのに少し手間取っていた。

一方、感覚が鋭敏な子ども達の方がタイミングは合っていた。

「へへへ、オイラが先に食べるもん」

一番初めに取れたのはトトだった。

虎っぽい獣人だから、反射神経も特にいいのだろう。

「くっ、子ども達には負けてられねーぞー！」

「おー！」

どうやら冒険者達に火がついたようだ。

「お前ら中々やるな」

「おっちゃんこそ」

冒険者達と子ども達は睨《にら》み合っている。なんだか流しそうめんが大人、子ども関係なく楽しめるスポーツのように見えてきた。

仲よく流しそうめんを食べてくれるかと思ったら、そうもいかないようだ。

これは大人と子どもの戦いなんだろう。

それでもトトやクロを中心とした年上組は、そうめんを取ったらちびっこ達のお皿に入れている。

一方、ご飯のことになると頭がよく働くハムスターっぽい獣人のハムは、すぐにベストスポットを見つけていた。

「ここが一番食べられるところなのにね」

「やっぱりハムは食いしん坊だね」

ハムが待機していた場所は最後のざるの前。

みんなが取れなかったそうめんは最終的にはハムのもとへ行く。

そのため、ハムの頬袋の中にはたくさんのそうめんが詰め込まれていた。

「食べすぎてない？」

「大丈夫だよ」

ハムスターは食べ物を頬袋に入れて、安全なところに行ったら食べる習性がある。

ただ、ハムの場合は食べながら溜めているため食べすぎないか心配だ。

少しでも消化の助けになるように、私は唾液腺《だえきせん》を回復属性《かいふくぞくせい》魔法《まほう》で応援しておいた。

唾液腺からは、炭水化物を消化するアミラーゼという消化酵素《しょうかこうそ》が出てくる。

胃液を活性化させると胃自体の壁まで溶かして胃潰瘍《いかいよう》になる危険があるため、唾液腺を元気にするのがちょうどいいと思ったのだ。

「なんかたくさん食べられる気がしてきたよ？」

……どうやらハムにとっては悪い方向に働いてしまったようだ。

きっとハムは何をされても食いしん坊のままなんだろう。

獣人の種類にもよるが、小さい時にまともに食べられなかったという環境が今のハムに繋がっている気がした。

この孤児院にいる子達は、かつて満足にご飯を与えられず虐待《ぎゃくたい》されていた過去がある。

みんな辛い思いをしてきているからね。少しぐらい多めに食べたっていいか。

「マミさんも食べたらどうですか？」

一生懸命食べ物を詰め込むハムを見守っていたら、ふと冒険者の奥さんの一人に話しかけられる。

「私ですか？」

「せっかくなら楽しまないともったいないですよ」

みんなの笑顔を見ていたら、ついつい食べることを忘れていた。

ほとんどの人が食べ終わったため、場所も空いている。

今なら流しそうめんも楽しめるだろう。

「マミ先生、流しますよ」

「はーい！」

アルヴィンが水を流すと一緒にそうめんが流れてきた。

水の中でそうめんが少しずつ解れていき、フォークで取ろうとしても中々うまく取れなかった。

「やっぱり難しいですね」

私ではこの世界の人のようにフォークをうまく扱える気がしない。

やはり箸じゃないとダメなんだろうか。

「あっ、あれなら取れるかな？」

私は思いつきで台所に向かった。

「しぇんしぇい、それでどうやって食べるの？」

「こうして挟んだ方が楽だと思ってね」

私はスプーンを持ってきて、一度そうめんをせき止めてからフォークで取ろうと思ったのだ。

ずるいと言われても気にしない。意地でも流しそうめんを取ってやる。

「マミ先生いきますよー」

「はーい！」

私はスプーンとフォークを手にして身構える。

水飛沫《みずしぶき》を上げながら、目の前にそうめんが流れてくる。

「ここだ！」

見事にスプーンの壁に当たり、フォークに引っかかって、そうめんがしっかり掴《つか》めた。

「ねぇ、見て見て！　そうめん掴めました！」

ついつい嬉しくなってみんなに見せつけると、なぜか私に視線が集まっていた。

うん、こんなに注目されているとは思いもしなかった。

だんだんと恥ずかしくなって、私は顔を背けた。

自分では見えないが、今頃りんごのように頬が真っ赤になっている気がする。

「聖女様の無邪気な姿はやばいな」

「俺も今ドキッとしちまった」

「あんたら浮気はだめよ」

「はい……」

「ただ、今回だけは私も胸が締め付けられる感じがしたから許してあげるわ」

周りで冒険者夫婦達が何か言い合いをしていたが、私は気にせず静かにそうめんを啜《すす》った。

うん、流しそうめんは美味《おい》しいな。

この世界に来てまた思い出が一つできた気がする。

◇

私──橘《たちばな》聖愛《せいあ》は、一緒にこの世界に来た看護師さんと離れて生活している。彼女は私の祖父が入院していた病院に勤《つと》めており、この世界に来る直前は祖父のお見舞いに訪れた私と会話していた。そして、この国の危機を救う聖女として私が召喚された時、看護師さんも巻き込まれてしまったらしい。彼女は働く場所を与えられ、そこで生活するようになったと後で聞いた。

彼女みたいなちゃんと芯《しん》を持った強い女性を私は尊敬する。

いつも祖父から彼女はとても患者《かんじゃ》思いでいい看護師だと聞いていた。たまに自分のことを後回しにするからと、患者である祖父が心配するぐらいだった。

一方、私はなぜかこの国の王子が通う学園に一緒に通うことになった。

「そんなに気にしなくても大丈夫だ。俺がいれば誰も何も言わない」

ゆっくりと肩を抱き寄せられる。

隣にはキラキラしたイケメン王子。

ハリウッドスターと言われたら納得するような顔貌《がんぼう》とスタイルで、一度彼を見た人はついドキッとするだろう。私も召喚された当時はそうだった。

だが、今はその気持ちもなくなりつつある。

今私達の目の前には、一人の令嬢と彼女を囲む王子の側近達がいる。

王子は彼女に向かって蔑《さげす》むような声色《こわいろ》で話しかけた。

「それぐらいのこともできないのに俺の婚約者を名乗っているのか？」

「私は彼女に注意しただけで――」

「君にはずいぶん困ったね」

「それで公爵令嬢って、この世も終わりだな」

王子の隣にいる側近の男達も捲《まく》し立てるように彼女を責める。

「私も配慮が足りなくてすみません。よかったらあっちでお茶をしませんか？」

この場を抜け出すために、私は彼女をお茶に誘った。

「ああ、聖女はなんて優しいんだ」

「グシャ公爵令嬢も見習うといい」

「こんな女は誘わなくてもいいよ」

それなのに、王子達は彼女をさらに見下して文句を言う。

「私はこの後予定があるのでお気になさらず……」

王子の婚約者と言われているグシャ公爵令嬢は小さな声で返事をしていた。

――この世界に来てから、少しずつ違和感を感じることが増えた。

貴族の身分制度があることにはすぐに気づいた。

だが、男尊女卑《だんそんじょひ》がここまで酷《ひど》いとは思わなかった。

学園では女子生徒はペコペコと頭を下げて、男子生徒は威張っている。

多少爵位によって変化はあるものの、基本男の方が偉いと思わせるような行動ばかり目に入る。

「では、俺とお茶でもしようか」

「えっ……」

この人達と離れたいと思っていたのに、どこまでもついてくる。

しかし、彼らをこの場に置いていくと令嬢が心配だと考え直し、私は王子達を引っ張ってその場を去ることにした。

そんな私達を、婚約者であるはずの彼女はただじっと見つめていた。

場所を移しても、王子の側近達が私に媚《こび》を売ってくる。

「聖愛は慈悲深い人ですね」

「あの高笑いする女性達とは違いますね」

私は第一騎士団長の息子と財務官の息子、それに王子にいつも囲まれている。

学園に通ううち、なぜか私はこの人達と過ごすことが増えた。

正確に言えば、他のみんなは私から逃げていってしまう。

最初は聖女召喚された異世界の人間だからと思ったが、そうではなかった。

「彼女こそ俺に相応《ふさわ》しい婚約者だ」

なぜか王子が私を婚約者だと吹聴《ふいちょう》しているからだ。

もちろん婚約者になるとは言ってないし、承諾《しょうだく》した覚えもない。

勝手に王子が決めつけているだけだ。

それに王子にはちゃんとした公爵家の婚約者がいるらしい。

「聖愛みたいな女性がもっと増えればこの世も幸せになるだろうな」

「その時は俺が財務官になっているから、結婚式に金をたくさん回そう」

「ははは、国庫に金はいくらでもあるからな」

話を聞いている私は絶句して何も言えない。

この人達が将来この国を担《にな》う人になるのだろうか。

早くこの国を出て、違う国へ行った方がいいのかと思ってしまう。

それだけこの国の上層部のレベルの低さを感じる。

そして、私と一緒に来た看護師さんはこんなやつらがいる世の中で働いているのかと心配になってしまう。

無性に元の世界が恋しくなった。

「少し席を外しますね」

「俺が護衛しましょうか？　将来騎士団長になる男に守られるのですから、安心してください」

席を外すと言えば、普通なら理由に気づくだろう。

何もわからない小学生と話している気分にさせられる。

「きっと聖愛はお花を摘みに行くのだろう。な？」

察しているだけましだが、はっきり聞く王子も王子だ。

私は優しく微笑むと、トイレに行くと嘘をついて、その場を離れることにした。

ひたすら歩き続け、校舎の裏にひっそりと隠れる。

「本当にやってられないわ」

「毎日やってられないよ」

ボソッと呟《つぶや》いたつもりが、声が重なって響いてしまう。

咄嗟《とっさ》に横を見ると、そこには小柄な女性が立っていた。

「あっ……」

お互いの時間が止まる。

しかし、彼女は私が誰なのか気づいてすぐに頭を下げてきた。

「聖愛様、申し訳ありません」

私は頭を下げられたいわけではない。

それなのに学園の中では聖女だと知れ渡っているため、こうした扱いを受けてしまう。

一番の原因はあの男達だろう。

「別に気にしなくていいですよ。私も疲れて逃げ出してきたところなので」

彼女は首を傾げて私を見ていた。

私よりも小柄な少女で、オドオドしている。

どこか二歳年下の妹に似ている気がした。

「不満を吐き出せるところがないと疲れますよね」

私の言葉に驚く彼女は目の下にクマができていて、疲れているんだなと感じた。

顔も少しやつれている気がする。

ただ、その表情一つ一つが妹と似ていた。

妹は乙女ゲームが大好きで、よく深夜までゲームをして寝不足になっていた。

あの子がゲームを勧《すす》めてくれたからこそ、私はこの世界が乙女ゲームと似た世界だと気づけた。

「今から言うことはただの独り言なので気にしないでくださいね」

私は思っている不満を彼女の前で呟き出した。

「この世界の男はバカばかりなの？　貴族も自分の地位ばかり気にして。そんな時間があるなら知識をつければいいのよ。女性がそこまで見下される必要はないわ。大体、女も男の顔色ばかり見ていないで自立するべきよ」

今まで溜まっていた愚痴がどんどん口から零《こぼ》れ出る。

この学園に来た時、私は王子の婚約者に絡まれ、呼び出されては嫌がらせを受けていた。

別にそこに関しては気にしていなかった。

むしろ私はヒロインや主人公になるつもりはない。

あんなにアホな男達の相手はこっちからお断りだ。

しかし、王子が嫌がらせに気づいてから全てが変わった。

私自身の力で嫌がらせを解決したかったのに、どんどん変な方向にいってしまった。

周囲が勝手に動けば動くほど、意味のわからない展開になっていく。

本当に乙女ゲームの世界に来たように感じるほどだ。

「主席の聖愛さんにも不満があるんですね」

「私は聖女って言われているけど聖女ではないわ！　普段ニコニコしているのも生活するためよ」

結局私も周りの女性達と変わらないのは事実。

そうしないとこの世界では生きていけない。

毎日ニコニコ微笑んで、その場を凌《しの》ぐのがやっとだ。

「なんか安心しました。私は最近まで平民だったので……」

どうやら平民だった彼女は、この貴族ばかりの学園では生活しにくいのだろう。

「よかったら私とお友達になりませんか？　普通に話せる人が欲しいんです」

「いいんですか？　私は勉強もできないですし、低ランククラスですよ」

この学園では学力と魔法技術でクラス分けがされている。

そんな私は学力、魔法ともにトップクラスのため、Ｓランククラスに配属されていた。学力テストは日本の小中学生レベルでどうにかなるものだし、魔法は化学を応用したら自由度が増した。

それも王子の婚約者は気に食わなかったのだろう。

「勉強なら私が教えますよ。むしろ一緒に勉強するのも楽しいかもしれないですね」

「こちらこそよろしくお願いします」

どこか妹に似ている彼女との触れ合いは、私の中で癒しの時間になりそうだと思った。

それだけ私の心は疲れ切っていた。

「聖愛、どこにいるんだー！」

遠くから私を呼んでいる声が聞こえてきた。

正直めんどくさいがもう行かないといけないだろう。

「じゃあ、殿下が呼んでいるのでまた会えたら話しましょう」

別れの挨拶をして私は王子のもとへ戻った。

そういえば、この世界でやっとできた友達の名前を聞くのを忘れていた。

またすぐに会えることを私は願った。

第一章　ママ聖女、休みに戸惑う

私は異世界に来て初めてのお休みをもらった。

むしろ今まで働いているという感じもしていなかったため、お休みをもらっても特にやることがない。

毎日子ども達に癒されていたので、それが休みのように感じていた。

「私が手伝うことはない？」

「今日はハムとレナねえでご飯を作るからいいよ！」

「マミ先生は休んでください」

台所に行くと、ハムとレナードに追い返されてしまった。

レナードは今日も騎士団から出向する形で私の護衛の任務についてくれている。

今度は外に出ると、子ども達が元気に走り回っていた。

「クロ！　私と遊ばない？」

近くにいたクロに声をかける。

「おいちゃと遊ぶ！」

「いっちょにあしょぶ！」

ちびっこ達が寄ってくるが、それをクロが引っ張って止めている。

「ママ先生は今日お休みの日だから遊べないよ」

「んー」

ちびっこ達には休みの意味がわからないのだろう。必死に頭を抱えて考えている。

「私は別に――」

「またママ先生が倒れたらどうするんだ？」

近くにいたトトの声にちびっこ達は気づいたのだろう。

「いやだ！」

「なら今日はオイラ達と遊ぶよ！」

「しぇんしぇい、またあしょんでね！」

そう言って子ども達はトトとクロのもとへ行ってしまった。

ここまで私を休ませることが徹底されているとは思いもしなかった。

だが、まだ諦めるつもりはない。畑作業をしている子達に会いに行こう。

「畑の調子はどう？」

「今日の作業は終わったよ？」

畑の隣にある日陰で、うさぎっぽい獣人ラビは休憩していた。

ラビを中心に、普段はハム達齧歯類《げっしるい》組が畑の管理をしている。

どうやら本格的に私のやることはないらしい。

周囲には誰もいないし、各々楽しそうに遊んでいる。

「はぁー、散歩にでも行ってこようかしら」

今までやることが多くて忙《せわ》しなかったため、急な休みができると特にやることがない。

暇を持て余した私は、商店街に行くことにした。

◇

「おい、マミ先生を見てないか？」

俺はレナードに声をかけた。

今日はマミ先生が休みのため、デートに誘うことにした。

ただ、さっきから孤児院の中を捜しても全く見当たらないのだ。

「はぁー、アルヴィンってどこまでポンコツなんだ」

「おいおい、お前には言われたくないぞ」

「いい加減動いてくれないと、マミ先生が可哀想だ」

「ああん!?　マミ先生が可哀想って、どういうことだよ」

さっきからレナードは俺に文句を言ってくるし、ハムも呆れた目でこっちを見ている。

ちょうど近場を歩いていたクロに話しかけることにした。

「マミ先生がどこにいるか知らないか？」

「えっ？　アルヴィン兄ちゃんが遊びに誘ったんじゃないの？」

驚いたようなクロの言葉に、俺は言葉に詰まる。

以前どうやって人と仲よくなれるかクロに相談したら、一緒に遊ぶといいって教えてもらった。

そこでマミ先生をデートに誘うことにしたのだ。

ただ、今まで女性を好きになったこともないし、アプローチをしたこともなかった。

婚約は親の決めた人とするものだとずっと思っていたからな。

公爵家の三男である俺の価値はそこにしかなかった。

今まではそう思っていたが、ここに来てからは考えが全て変わった。

今の状況に俺はどうしたらいいのか、全くわからないのが現状だ。

いざ、マミ先生をデートに誘おうと思っても一向に見つからないしな。

本当に俺ってポンコツなんだろうか。

これでも騎士学園は首席で卒業しているし、騎士団の方ではかなり優秀な方ではあった。

だが、世の中、そんなにうまくいかないものだな。

「オレ達のところにも来たけど、今日はママ先生とは一緒に遊ばないってちゃんと言ったよ？」

どうやらクロ達のところにマミ先生が来たようだ。

それなら俺のところにも来てくれたらよかったのに……

いや、そんな考えだから手伝いに来る主婦達から怒られるのだろう。

もっと〝積極的なアプローチ〟をしなさい。

最近よく言われる言葉だ。

「先生ならさっき商店街に散歩に行くって言って――」

「出かけてくる！」

うさぎの獣人ラビがマミ先生の行き先を教えてくれた。

俺はすぐに靴を履《は》いて商店街に向かった。

◇

「レナねえ、アルヴィン兄ちゃんは大丈夫かな？」

「くくく、今回もダメだろうね。貴族界ではスマートでモテモテだった男があんな姿になるとは」

「アルヴィン兄ちゃんってモテモテだったんだね。全然想像つかないなあ。今も急いで行ったから、靴を左右反対に履いてたよ」

「はぁー」

◇

特にやることがなかった私は商店街を散歩している。

いつもは食品の買い物にしか来たことがなかったが、寄り道をしたら思ったよりもお店の種類は充実していた。その中の一つの扉をくぐると、孤児院で見たことのある女性が笑顔で迎えてくれた。

「いらっしゃい……あっ、マミさん！」

「こんにちは！」

今日私が寄ったのは既製服を扱っている古着屋だ。

この世界では日本みたいに服をたくさん売っているわけではない。

まず裕福な人が新しい服を購入する。

いらなくなったら古着として売りに出す。

平民がそれを買い、着なくなったらまた売りに出し、さらにそれを貧しい人が買う。

そういう流れで服は出回っている。

貴族は基本的にオーダーメイドで購入しているので、この辺はまた平民と感覚が違うのだろう。

「時間が空いたので子どもの服を買いに来ました」

最近は孤児院の運営資金にも少し余裕が出てきた。

前は食料が一番の必需品だったが、そろそろ寒くなるのに合わせて服も買っておかないといけない。

冬を越す準備をするのも初めてだから、何が必要なのかもわからなかった。

そんな私に彼女は何が必要なのかを以前教えてくれたのだ。

「あっ、これはクロに似合いそうだね」

灰色に染めてある服を手に取るとクロの着ている姿が目に浮かぶ。

少し大きいかもしれないが、綺麗に着れたら次の年も使えるだろう。

「この色はトトでこっちはキキかな」

キキももっと可愛い服を着たいだろう。

少しでも洋服をアレンジするセンスがあればよかったが、私にそんなことはできない。

勉強ばかりして服にはずっと無頓着だったからね。

ただ、子ども達が着る姿を考えていると、服を選ぶのも楽しいと思った。

「そういえばアルヴィンさんとは一緒じゃないんですか？」

「アルヴィンさんですか？」

なぜか急にアルヴィンの話が出てきた。

そういえば、今日は一度もアルヴィンを見かけていない。

いつもは大体子ども達や私の周りにいる気がするのに。

「今日は私一人ですね」

その言葉に彼女はため息を吐いた。

私は何かしてしまったのだろうか。

「昨日あれだけみんなで言ったのに……」

「何かあったんですか？」

「あっ、マミさんは気にしなくていいのよ」

容姿がよくて優しいアルヴィンはたまに主婦達に囲まれている。

貴族なのに接しやすいのが彼の魅力でもある。

ただ、彼女達は昔のアルヴィンを知らないから近寄れるのだろう。

子ども達に初めて会った時なんて、獣人への差別意識もあって随分嫌な感じだったからね。

その時と比べたら今はだいぶ変わった。

今となっては、あの無表情でぶっきらぼうなアルヴィンを知っているのは私ぐらいだ。

「ここにお金を置いておきますね」

たくさんの服を麻《あさ》の袋に詰めて、背負《せお》って持ち帰る。

子ども一人につき一着服を買ったら、数は自然と多くなる。

傍《はた》から見たらサンタクロースのような感じだろう。

「また来ますね」

「はい。あ、いえ、もう少し待って――」

彼女は何だか焦《あせ》っているように見えたが、気のせいだろう。

せっかくだから他のお店にも寄っていくことにした。

◇

「いらっしゃ――」

「ママ先生は来てないか？」

「アルヴィン！　あなた来るのが遅いのよ！」

古着屋に入ると、店員の女性は怒った顔をして俺を睨みつけた。

「私がせっかく冬支度の話をしたのに、一人で来て帰ったわよ！」

昨日主婦の方達からデートプランについてたくさんアドバイスをもらった。

その中で、きっとマミ先生は自分のことより、子どものことを優先するから、冬支度の準備を一緒にするのはどうかという案が出た。

そこでマミ先生に服の一着でもプレゼントをすればきっと喜ぶだろうと準備してもらっていたのだ。

「もう、マミさんの服は用意してあるから急いで追いかけなさいよ！」

「ありがとうございます」

俺はお金を置いてマミ先生を追いかける。

せっかくのマミ先生の休みなのに、やっぱり中々うまくはいかないな。

◇

服屋さんから出た私は、あるものを探して歩いていた。思っていたより時間がかかりそうだったので、大きな袋は結局知り合いの店の人に預けてある。

「この世界では、牛乳と卵ってどこで売っているのかな？」

牛乳は高価だと言われているため、商店街で取り扱っている店を見たことがない。そもそも私が買えるのかどうかもわからない。

ただ、レナードの魔法のコントロール練習も兼ねて、アイス作りをしようと思ったのだ。

昔は暖房機器の前で食べるアイスが好きだったけど、この世界には暖房機器が存在しない。

これから秋に向けて寒くなるし、アイスを食べるなら今がちょうどいい機会だろう。

そういうわけで、探すだけ探してみようと考えたのだ。

私がキョロキョロしながら歩いていると、いつのまにか貴族街との境目である門まで来ていた。

「そこの者止ま……ママ先生ですか？」

門番の一人は、私の顔を見るなり胸の前で拳を作り敬礼した。

もう一人は私が誰かわからないのだろう。

同僚を見て首を傾げている。

「あっ、この間はご迷惑をおかけしました」

敬礼をしているのは、この間訓練場で子ども達の相手をしてもらっていた第二騎士団所属の人だった。

「先輩、この人を知っているんですか？」

「ああ、まるで聖女のような人だよ」

なぜかとんでもないほど過大評価されている気がする。

聖女は憧れの存在なのか、その言葉を聞いた私のことを知らない門番は目を輝かせていた。

「私はそんな大それた人物ではないですよ」

「何を言ってるんですか！　あのバッカアを自分の命をかけて治療していたじゃないですか。あの日から第二騎士団ではあなたの話で持ちきりですよ」

バッカアとは、第一騎士団に所属している貴族の騎士だ。

私達に突っかかってきたところを、激怒したレナードさんの氷《こおり》属性《ぞくせい》魔法《まほう》で倒され、凍傷寸前になった。その場にいた私は回復属性魔法で彼を治療したが、魔力を使いすぎて倒れてしまった。

当時は魔力の枯渇がどれだけ危険か知らず突っ走ってしまったのだ。

きっと魔法について勉強している騎士達からしたら、魔力を使い切るまで治療すること自体が命懸けの行為なのだろう。

「えっ、ひょっとして騎士のみんなが婚約したいと話題になっている人ですか!?」

もう一人の騎士は私をジーッと見て何かを考えている様子だ。

これはこんな〝じゃがいも女〟が聖女のはずがないと言われるやつだ。

「……素朴《そぼく》な女性ですね」

きっと気を遣わせてしまったのだろう。

騎士の言葉に私は苦笑いしてうつむく。

「そこは気にせずじゃがいも女って――」

「おい、じゃがいも女！」

やっぱりじゃがいも女だと思っていたのか！

ただ、自分から言い出したとはいえ、正直に言われると心に刺さるものがある。

これからはママ先生じゃなくて〝じゃがいも先生〟って呼ばれる時が来るのかもしれない。

それにしてもさっきの声、門番の騎士より低い声だった気がする。

「おい、俺を無視するな！」

いや、よく考えたらそもそもじゃがいも女は失礼だ。

いくら騎士でイケメンだとしても許してはいけない。

自分で言うのはいいけど、人に言われるのは嫌だ。

「じゃがいも女だと言う方がじゃが……ってバカ野郎じゃん！」

「おまっ、誰がバカ野郎だ！　せめてバッカア野郎だろ！」

なんと門の近くにはバッカアがいた。

赤髪できっちりと髪をまとめ上げている。顔はイケメンだが、よく見ると他の騎士と違って上着の前を開いたままだったり、後ろ髪が少しはねていたりと、少し抜けたところがある。

この男、そういえば今まで見てきた騎士の中で一番頭が残念な人だった。

今はアルヴィンもいないし、ここで言い合いになって門番の仕事を増やしたら、じゃがいも女に迷惑女という称号が追加されてしまう。

「特に用事はなかったのでこれで失礼しますね」

牛乳や砂糖を探している場合ではない。

私はその場から静かに立ち去ろうとするが、大きな声でバカ野郎は追いかけてくる。

「おい、じゃがいも女！　待てよ！」

「待ちません！」

必死に足を動かすが、身長が低い私の足は短い。

一方、バカ野郎は身長が高いため、一歩がとにかく大きかった。

「マミさん!?」

商店街の人達に声をかけられるが、今は逃げることを優先した方がいい。

私一人では、王族の血を引いた貴族で騎士のバカ野郎を相手できない。

「だから待てって言ってるだろ！」

バカ野郎はいつのまにか追いついたのか私の手を強く握った。

きっとこの男じゃなければ、少しは胸がキュンとしただろう。

だが引き止めたのはバカ野郎だ。

キュンのキの字もさらさらない。

「離してください！」

「逃げないなら離す」

「ぐぬぬ」

これは逃れられないのだろう。

周りの人達も、騎士の格好をしているバカ野郎に何もできずにただ見ていた。

すると、私の手を握ったまま、突然バカ野郎が叫んだ。

「おい、じゃがいも女！　俺と婚約してくれ！」

「はぁん!?」

まさかの言葉に反応しようとしたら、隣から大きな声が聞こえてきた。

そこには何かの箱を持ったアルヴィンが立っていた。

「王族の血を継ぐ俺と婚約できるならお前も幸せだろ？」

えーっと、どういう解釈をしたらこういう考え方になるのだろうか。

バカを通り越して宇宙人のような気がしてきた。

きっと脳内はお花畑なんだろう。

「あなたは何を言って――」

「俺のマミ先生に何を言ってるんだ？」

突然背後から腕が出てきたと思ったら、アルヴィンが後ろから私に抱きついてきた。

いつもより低い声が私の胸の奥にストンと落ちてくるようだ。

アルヴィンって大きな子どもみたいな人だから、いつも突拍子のないことをする。

ただ、その時は今ではない。

これが人前でなければ少しは嬉しかった。

日本人って人前で目立つことを嫌う人が多いからね。

「じゃがいも女は俺と婚約するんだよ！」

「だから何を言ってるんだ」

そうだそうだ、バカ野郎に言ってやれ！

それにしても、アルヴィンがいらいらしているように見えるのは気のせいだろうか。

「マミ先生は俺と婚約するんだ！」

おーい、それも違うよ？

アルヴィンまで、いつから宇宙人になったの？

次第に注目が集まって恥ずかしくなってくる。

きっと今頃私の顔面は真っ赤になっているだろう。

いつも手伝いに来てくれる主婦達に助けてと視線を向けると、楽しそうな顔で微笑んでいた。

きっとあれは昼ドラを楽しむ主婦のような感覚だろう。この世界に娯楽は少ないからね。

ただ、私はそんなドラマの主人公にはなれない。

「俺はあの時運命だと思ったんだ。命を懸けてまで――」

「それはマミ先生が魔力の枯渇に気づかなかっただけだ」

「そんなバカなことあるか」

魔力の枯渇に気づかなかったバカがここにいますよ。

バカ野郎にバカと言われた私はここにいますよ。

主張するが全く目に入らないのだろう。

私の身長が低いからかな？

チビだから目に入らないのか？

さらにみんなの視線が集まってくる。

穴があったら今すぐにでも隠れたいぐらいだ。

「それがマミ先生のよさだ！」

はい、二人とも地獄行き決定ね。

バカなところがよさってどういう意味？

私はアルヴィンの腕の中で体の向きを変える。

下から顔を見上げると、アルヴィンは嬉しそうにこっちを見ていた。

傍から見たらお互いに抱きついているように見えるだろう。

ただ、それは間違いだ。

私はある部分を狙うために向きを変えたのだ。

「一番のバカはそっちだ！」

足に勢いよく力を込めると、その場で大きく跳び上がった。

私が狙っていたのはアルヴィンの顎《あご》だ。

思惑通りにアルヴィンの顎に私の頭が当たり、その場でアルヴィンは倒れる。

「なっ⁉」

あまりの出来事にバカ野郎も固まっていた。

「私は誰とも婚約する気はないわ！　特にあなた達みたいな人はこっちから願い下げよ」

私はその場から逃げるようにして立ち去り、袋を預けていたお店に立ち寄ってから孤児院に戻っていった。

◇

一体何が起きたのだろうか。

マミ先生を捜していたら、マミ先生がバッカアから婚約を申し込まれているところに出くわした。

俺はその時、胸の奥が冷えるような感覚を覚えた。

レナードの時とはどこか違う、焦りのようなものだ。

必死にマミ先生を守るように後ろから抱きついたが、気づいた時には地面に座り込んでいた。

「もう、あんた達女心がわかってないわね！」

一連の流れを見ていた主婦の一人がバッカアに突っかかっている。

「はぁん!?　平民の癖に――」

「その平民の一人であるマミさんを自分のものにできないのはどこの誰かしら？」

「うっ……」

俺もその言葉に反論はできなかった。

せっかくマミ先生にプレゼントとして買った洋服も、箱が潰《つぶ》れて泥だらけになっている。

きっと焦ってその場に放り投げてしまったのだろう。

「まずはそこのバカ騎士！」

「おい、俺はバッカア――」

「バッカアもバカ騎士も同じよ！　まずあなた、マミさんをじゃがいも女と呼ぶなんて、どういうことよ！」

「はぁん!?　平民はじゃがいも女って呼ばれたら喜ぶんだろ？　学園で平民相手にそう呼んでいたら、みんな喜んでいたぞ」

「はぁー。とんだバカがここにいたわよ」

主婦達に囲まれたバッカアは怒濤《どとう》の勢いで責め立てられ始めた。

次第にバッカアの威厳もなくなり、すっかり落ち込んだ様子を見せている。

さすがに主婦達に囲まれて、話す隙を与えられないぐらい怒られたらああなるのも仕方ない。

しかし、みんな忘れているようだが、あいつはあれでも国王の血縁者だぞ？

いつ不敬罪に問われるかわからないのに、マミ先生のためとなったらすぐに立ち向かおうとする姿は、俺でも尊敬する。

「アルヴィンさんは怪我ない？」

いつも声をかけてくれる野菜屋の女性が手を差し出してくれた。

さすがにマミ先生以外の女性の手を握るのは騎士――いや、俺としてはだめだ。

「お気遣いありがとうございます」

「いえいえ、アルヴィンさんも負けずに頑張りなさいよ。きっとマミ先生を幸せにできるのはあなたなんだからね」

いつもそう言ってくれるが、今回のことを経て、どこか俺では無理なような気がしていた。

俺にはどうやったらマミ先生を幸せにできるのかわからない。

「はぁー。貴族ってなんでこんなに頼りないのかしらね」

「えっ……」

俺は一般の女性にまで頼りないと思われていたらしい。

騎士だけではなく男としての自信も消えそうだ。

だが、そもそも俺は自信に満ち溢《あふ》れた男ではない。

いつも公爵家の三男として、無表情の仮面を被っていただけだ。

どうせ公爵家のために使われる人形だからと感情を押し殺していた。

そのまま大きくなったら、感情の伝え方もわからなくなってしまった。

「アルヴィンさん、今すぐに行くわよ！」

「どこに行くんですか？」

「マミさんのところに決まっているわよ！」

俺は野菜屋の女性に引っ張られるようにマミ先生のもとに向かった。

◇

私は途中でイライラを落ち着かせながら孤児院に帰ってきた。

私の姿を見てクロは驚いた表情をしている。

「あれ？　ママ先生帰ってきたの？」

「一人の休みはさすがにつまらないね」

せっかくの休みをもらったが、今の私は子ども達がいないと寂しい。特にやることもない日がこんなに辛いとは思いもしなかった。

「アルヴィン兄ちゃんはどうしたの？　必死にママ先生を捜していたよ」

アルヴィンが私を捜していた？

そういえば、あの時何か箱を持っていた気がする。

今となっては顎に頭突きをして、逃げ出してきたことを少し後悔している。

特にアルヴィンは私のことを悪く言っていたわけではないからね。

むしろ考えれば考えるほど、恥ずかしいことしか言ってない。

「あっ、アルヴィン兄ちゃん」

「えっ？」

クロの言葉に反応して振り向くと、そこにはアルヴィンが立っていた。

彼が手に持った潰れた箱の中から、白い布が見えている。

「マミ先生……いや、マミ。すまない！」

アルヴィンは私に向かって頭を下げた。

あまり謝らないアルヴィンが自分から謝ってきたことに思わず驚く。

「それは何に対しての謝罪ですか？」

理由を聞いてはみたが、私は特に怒っているわけではない。

ただ、アルヴィンが何に対して謝罪しているのか気になった。

「……何を謝ったらいいか、俺にはわからないんだ。俺がいいと思って言ったことでも、マミ先生を傷つけてしまう」

どうしたらいいかわからない中で必死に考えた結果が、謝るという選択だったらしい。

昔のアルヴィンなら謝ることもなく、きっと私に歯向かってきただろうに……

ここでの生活がアルヴィンにもいい影響を与えているような気がした。

「私の方こそすみませんでした」

アルヴィンに近づき回復属性魔法をかける。

顎に頭突きを食らったから、軽い脳震盪《のうしんとう》になっているかもしれない。

大人気《おとなげ》ないのは私の方だったね。

「いや、怒らせたのは俺だ」

「別にそこまでは怒ってはないですよ」

「そうなのか？」

「ええ、ただ人前で恥ずかしいことはやめてほしいです」

男性に対して免疫がない私が街中で後ろから抱きつかれたら、普通でいられるわけがない。

その場で気絶しなかっただけでも褒《ほ》めてほしい。

「そうだったのか。なら人がいなければいいんだな」

そう言ってアルヴィンは私に抱きついてきた。

ダメだ……

バクバクと脈打つ自分の心臓の音がやけにうるさい。

こんな近くにいたらアルヴィンにも伝わりそうだ。

一分間の脈拍数は百二十回を余裕で超えているだろう。

「ママ先生とアルヴィン兄ちゃん？　オレもここにいるよ？」

声に反応して私とアルヴィンは急いで距離を取る。

そういえばさっきまでクロと話していたことを忘れていた。

完全に周りが見えていなかった。

「はぁー、暑いわね。今日はそうめんでも食べようかしらね」

真っ赤な顔を隠しながら、私は孤児院の中に入っていく。

クロ達にジトッとした目で見られているのはわかったが、私は胸の高鳴りを抑えつけるのに必死だった。

◇

「アルヴィンさん、その調子です！」

「今ので大丈夫でしたか？」

物陰からひょっこりと野菜屋の女性が顔を出した。

その人とアルヴィン兄ちゃんは何か内緒話をしているようだ。

「アルヴィン兄ちゃんは何をやってるの？」

そんな二人に声をかけると、野菜屋の女性はオレの方を見てニヤニヤと笑った。

「クロ、実はアルヴィンさんがマミさんのことを――」

「それは言わないでくれ！」

照れた顔をするアルヴィン兄ちゃんを見てオレはすぐにわかった。

アルヴィン兄ちゃんはレナードさんを見るキキと同じ顔をしていた。

きっとママ先生に恋をしているのだろう。

オレには恋というものがわからない。

今はママ先生を守るために、大きくなって強くなることが一番大事だ。

それなのに全然体が大きくならないし、力も弱い。

「アルヴィンさんとくっついてくれたら、守ってくれる人がいて一安心だわね」

その言葉を聞いてオレは戸惑った。

もし、アルヴィン兄ちゃんと婚約したらオレは必要ない子になってしまう。

オレはママ先生を守るために頑張ってきたのだ。

今まで大事な兄だと思っていたのに、アルヴィン兄ちゃんにママ先生を取られてしまう。

わけのわからない感情がオレを埋め尽くしそうだ。

「ママ先生はオレが守るもん！」

この感じたことのない気持ちは何だろうか。
オレは二人を置いて孤児院の中に戻っていく。
全速力で走った時よりも、息ができないほど胸が苦しい。
これが初恋というものだろうか。

第二章　ママ聖女、喧嘩《けんか》を見届ける

「そうめんうまいな」

「ママ先生、そうめん美味しいね」

私が戻ってきてから、どこか空気がピリついていた。

原因はアルヴィンとクロだろう。

いつもは二人で内緒話をするほど仲がいいのに、今はどっちがそうめんをたくさん食べられるかで張り合っている。

「何があったんだ？」

耐えかねたレナードが質問するが、二人は何も言う気がないのか黙っている。

「何で喧嘩しているの？」

「していない」

「何もないよ」

私が聞いてもこんな感じだ。

帰ってきたばかりの時は、クロもいつも通りに私とアルヴィンに話しかけてきたのに、今は私とアルヴィンが視線を合わせるだけで不機嫌そうだ。

これはお互いに話を聞く必要がありそうね。

「あとで個別に話をするから――」

「アルヴィン兄ちゃんとは一緒にさせない」

クロは私の手を強く握ってきた。

どこかアルヴィンを敵として認識しているような気がする。

「ならレナードさんにも一緒にいてもらうから、クロはみんなの面倒を見ててね」

「うん！」

それでも私の頼みは素直に聞いてくれる。

本当に何が原因なんだろうか。

食事を食べ終えると、早速アルヴィンを呼び出して話を聞くことにした。

「それでアルヴィンさんは何をしたんですか？」

「俺は何もしていない」

アルヴィンは真剣な顔で私を見た。

その言葉が嘘ではないことは私でもわかる。

ただ、何か重大なことが起きでもしないとクロがあんなに怒ることはないはず。

そうレナードも思っているのだろう。

「はぁー、大人が隠しごとをするってどういうことだ！　さぁ、今すぐに吐け！」

「だから俺は何もやってない！」

レナードとアルヴィンの会話が、どこか事情聴取のようになってきた。

それにアルヴィンも疑われて、だんだんとイライラしてきたように感じた。

何もしていないのに、疑われたらさすがに怒りたくなるもんね。

「帰ってきたばかりの時は、まだ仲はよかったですよね？」

問題はその後に何があったかだ。

ひょっとして、獣人の反抗期って結構早くから来るものなのかな？

でももしそうだとしたら、私にも反抗してないとおかしいもんね。

「いや、俺は野菜屋の人と話していただけだ」

「それでお前が何かやったんだろ！」

そこで何かがあったのは間違いない。

アルヴィンが気づかないところでクロを傷つけてしまったのだろうか。

「その時は何を話していたんですか？」

「あっ……えーっと……」

「やっぱり言えないことなのか！　マミ先生、やっぱりこいつは何か隠してますよ！」

いつのまにかレナードも楽しそうにアルヴィンを責め立てていた。

ただただ、アルヴィンをからかいたいだけなんだろう。

「とりあえず言える範囲で大丈夫なので……」

「いや、さすがに……」

アルヴィンは急に口数が減り、モゴモゴ言いながら黙り込んだ。

「いや、たしかオレがママ先生を守るって言っていた気もする」

私がバッカアに追いかけられている時に、クロがいなかったことが原因だろうか。

それが原因ならアルヴィンは話せるはずだが……

私は立ち上がり扉の方へ向かう。

「クロにも話を聞いておくので、アルヴィンさんもそんなにむきになってクロと競わないでくださいね。私は平和にみんなと過ごせる日々が好きですよ」

喧嘩しちゃいけないとは言っていない。

長いこと喧嘩したままで関係が崩れたり、周囲に影響を与えたりするのは嫌なだけだ。

みんなで共同生活しているようなものだもんね。

「一番は俺が大人気ないのがいけないんだがな」

アルヴィンは自分の頭をガシガシと掻《か》いていた。

アルヴィンの中でも何かが消化できていないのかな？

「わかっているならしっかりしてくださいよ。私の騎士様なんですからね」

その言葉にアルヴィンは目を輝かせていた。

そんなに騎士と言ってもらいたかったのだろうか。

話が一段落したと思った瞬間、男の子の小さな呟きが聞こえた。

「アルヴィン兄ちゃんが騎士……オレはいらない子なの……」

慌てて部屋の扉を開けると、そこにはクロが立っていた。

いつから扉の前にいたのかな。

「クロ、どうしたの？」

しゃがんでクロと視線を合わせると、目に涙を溜めていた。

「どうせオレは必要ないんだ！」

「えっ、クロどこに行くの!?」

クロは突然走って玄関から出ていった。

そんなクロを追いかけようとしたら、アルヴィンに引き留められた。

「クロが！」

「俺が行くから大丈夫」

真剣なアルヴィンの表情を見て、呼吸を落ち着かせる。

きっとアルヴィンなら大丈夫だろう。

私は彼の顔を見てそう思った。

◇

俺は貴族街の方までクロを捜しに来ていた。

「おーい、クロー！」

門の近くまで行くと、何やら小さい子が門番と話している。

「おい、クロ！」

俺の声に反応して子どもは振り返った。

やっぱりそこにいたのはクロだった。

だがクロは来たのが俺だとわかると、すぐにその場から逃げようと向きを変えた。

「その子を捕まえろ」

「あっ、はい！」

門番は俺が教育した第二騎士団の後輩達だからな。

俺の言葉にすぐ反応して動いた。

「なんで来たんだよ！　オレなんていらない子だろ！」

捕まったクロは自分のことをいらない子だと言う。

なぜそういう考えになったのだろうか。

混乱する俺を置いて、クロは今にも泣きそうな顔で必死に逃げようとする。

「なにかあったのか？」

俺は後輩に何を話していたのか聞くことにした。

「どうやったら早く騎士になれるか、俺らのところまで聞きに来ました」

「なっ⁉　勝手に言うな！」

クロは騎士になることに執着している。

それはマミ先生を守りたいと常日頃から思っているからだろう。

俺が騎士として頼りないと思っているからかもしれない。

実際この間、上の命令で仕方なくとはいえ、俺はマミ先生が誘拐されるのを黙って見逃した。

目の前でその場面を見たクロにとっては、忘れられない記憶になっているのだろう。

「騎士じゃないとマミ先生を守れないと思っているのか？」

「大事な人を守るのが騎士の役目だ！」

きっと野菜屋の奥さんが言ったことを気にしているのだろう。

あの時からクロの様子がどこかおかしくなった。

「ならクロがマミ先生の騎士になればいい」

「えっ……」

「俺はマミ先生……いや、マミさんを女性として愛している」

俺はマミ先生を守れる存在になりたい。

ただ、それは騎士じゃなくてもできる。

あの人に出会ってから本当の自分に出会えた気がする。

俺を〝公爵家の三男〟や〝もったいない公爵家の予備〟と言うこともない。

ただただ、アルヴィンという人物として見てくれた。

そんな人を好きにならないわけがない。

それにあの人と出会えて俺は色々と気づくことができた。

今度は俺があの人に色々と恩返しをする番だ。

「オレだってママ先生が好きだ！」

「ならマミ先生を心配させるな！　辛そうな顔をして今もお前の帰りを待っているぞ！」

「そんなの嘘だ……」

「クロがいらない子なら俺も捜しに来ないぞ」

クロの目からはポロポロと涙が溢れてくる。

自分はいらない子。

それは俺も幼い頃から何度も思っていたことだった。

だからクロの気持ちがわからないわけではない。

ただ、大事な人を悲しませてまで消えようとするのは間違っている。

「オレは必要な子なの？」

「ああ。俺も一緒に謝ってあげるから帰るぞ」

「うん……」

クロはトボトボと俺のところまで戻ってくる。

「本当にバカな弟だ」

思っていたことが口から出てしまった。

ゆっくりと抱きしめるとクロは震えていた。

自分を責めて、それでも必要とされる人になりたいと思ったからここにきたのだろう。

種族が違っても俺と似た弟は、自分のためではなく人のために頑張れる子だ。

ただ、そんな弟にも俺は譲れないものがある。

「マミ先生の騎士の立場は譲っても、婚約者の立場は譲らないからな」

「今はそれでいいもん！」

胸の中にいるクロは笑顔で笑っていた。

相変わらず憎たらしいけど、可愛い俺の弟だ。

「先輩……これって愛の告白を聞かされているんですか？」

「くっ、アルヴィンも聖女様を狙っていたのか。バッカアといいライバルが多いぞ」

「あー、先輩も聖女様のことが気になっていたんですね」

一方、門番達は何かコソコソと話していたが、俺には聞き取れなかった。

◇

私はアルヴィン達が帰ってくるのを、孤児院の入り口で待っていた。

ゆっくりと人影が近づいてくる。

「クロ！」

アルヴィンとクロが手を繋いで戻ってきた。

「本当にどこに行ってたのよ。帰ってこないんじゃないかと思って心配したのよ」

私は周りの目を気にせず、クロを強く抱きしめる。

アルヴィンは大丈夫だと言っていたが、クロの顔を見るまですごく心配した。

どこかで悪い貴族に遭遇して、痛い目に遭っていたらどうしよう。

誰かに誘拐されていたらどうしよう。

考えれば考えるほど悪いことしか出てこなかった。

「もう黙っていなくならないでよ」

クロの顔を見たら、強張《こわば》っていた体の力がスッと抜けてきた。

クロが突然どこかに行ったことが、自分が思っていた以上にショックだったのだろう。

「ママ先生ごめんね」

そんな私をクロも強く抱きしめ返す。

「いいのよ。きっとまたアルヴィンに意地悪されたんじゃない？　叩《たた》かれてない？」

クロの目は泣いた影響か赤くなっていた。

無理やりクロを連れ戻してきたのだろうか。

さっきだって手を繋いでいるように見えて、引っ張ってきたのかもしれない。

「俺は何もしていないぞ」

「うん、兄ちゃんは何もしてないよ。少し怒られたけどね」

「ほら、怒って泣かせたんでしょ!?」

「いやいや、怒ったけど意地悪はしてないぞ。な？」

アルヴィンは必死にクロに聞いていたが、クロはそっぽを向いて答えようとしない。

だけど、今の顔を見るとちゃんと仲よくなったみたいだね。

「んー、どうかなー」

「おい、クロ！」

オドオドするアルヴィンとイタズラな笑みを浮かべたクロを見るとついつい笑ってしまう。

「やっぱり二人は仲よくないとね」

「別にオレは兄ちゃんと仲よしではないよ？　これからはライバルだからね！」

「ああ。俺らはライバルだからな」

二人は目を合わせニヤニヤと笑っている。

やはり似たもの同士だ。

「ふふふ、楽しみにしているわ」

クロの中で問題が解決したのだろうか。

将来の私の騎士は、さらに心が強くなって帰ってきたようだ。

「それに兄ちゃんにだったら勝てる自信があるからね」

「ほぉ、それはどういう意味で言ってるんだ？」

「ママ先生、ちょっとオレを見て？」

言う通りにすると、クロがだんだん近づいてくる。

「ママ先生を守るのはオレの役目だよ。だからオレの婚約者になってください」

そう言ってクロは私の頬にキスをしてきた。

小さな騎士のプロポーズについつい頬が緩んでしまう。

小さい頃って大人を好きになりやすいからね。

「ありがとう。でも、私はみんなのママ先生だから、クロが大きくなったら考えてあげるね」

「へへへ、今はそれでいいもん！　オレは兄ちゃんには負けないからね！」

クロは何かとアルヴィンと競いたがる。

今回は何で競い合っているのだろうか。

「じゃあ、中に入ろうか」

私は立ち上がりクロの手を取る。

ただ、アルヴィンはその場で立ち尽くして歩こうとしない。

「俺とも手を繋いでくれ」

アルヴィンもまだクロと手を繋いでいたかったのかな。

しばらく待っていると、アルヴィンは私の手を握ってきた。

「ふぇ!?」

これはどういう状況だろうか。

てっきりクロの手を繋ぐものだと思ったのに。

孤児院の中から、みんなに見られていないよね?

「いいなー！」

「オイラも手を繋ぎたいなー」

扉の奥では子ども達がこっちを見ていた。

私はすぐに手を戻すと、孤児院の中に入っていく。

「ご飯の準備をしないといけないわね！」

私は台所に向かって夕食の準備を始めた。

「ママ先生ってりんごみたいになって可愛いね」

「ふん、ママ先生は昔から可愛いぞ」

「兄ちゃん……そういうところを伝えないと気づいてもらえないよ？」

「なぁ⁉」

「ここは本当にオレの方が有利かもしれないね」

二人はまた孤児院の入り口で言い合いをしていた。

第三章　ママ聖女、異世界の風邪《かぜ》を学ぶ

「マミさん最近どうなの？」

「どうって？」

「もちろん誰の婚約者になるかの話よ」

　門前の事件があってから、出会った主婦達に毎回婚約者の話をされるようになった。

　独身の冒険者や門番を務めている第二騎士団員もたまに孤児院に顔を出すようになってから、ますます主婦達の勢いは加速した。

　そして、この人もいつものように現れる。

「おい、じゃが……マミイモ調子はどうだ！」

「マミイモって何よ！」

　バッカアも孤児院に遊びに来るようになった一人だ。

　前と比べて身だしなみを整えるようになってきた。

　不潔そうな印象はなく、黙って立っていたらただの短髪のイケメン騎士だ。

ただ、口を開けば残念なおバカ騎士になるのは相変わらず変わらない。

「なぁ、どうだ？　今日は眼鏡をかけてきたぞ？　これなら頭がよさそうに見えるだろ？」

私が逃れるために適当な言い訳をしたら、次の日にはそれに合わせて何かを変えてやってくる。

今日は眼鏡をかけてきたらしい。

適当に頭がいい人が好きだと言ったらこの有様だ。

真面目なのか素直なのか……

「眼鏡をかけて頭がよくなるならみんなやってますよ」

「くそ！　無理に眼鏡をかけたら頭が痛いだろ！　また明日来るからな！」

いや、この男は単純にただのバカ野郎だ。

それだけ言ってバッカアは帰っていった。

本当に何しにきたのかわからない。

多分仕事の合間に来ているのだろう。

それはそれでただの仕事をサボっている不真面目なやつだね。

「バカ兄ちゃんはいつも何しに来てるの？」

リスに似た獣人のリリがトコトコ私のところへやってくる。

「んー、リリは気にしなくていいよ。さて、これでオイーブオイルは完成かな？」

私の質問に、リリの後ろにいた主婦の一人が頷く。

「思ったよりも簡単にできるのね」

前日にオイーブオイルについて主婦達に使い方を説明した後、試しに昼食に出してみたらとても好評だった。

むしろ好評を超えて、獲物を目の前にした猛獣みたいに詰め寄ってきた。

そこで、リリの勉強にもなると思って、リリに作り方と使い方を主婦達に教えるように伝えたのだ。

「これで私の髪もツヤツヤになるかしら」

「本当にごわついて大変だったのよね」

今回はオイーブオイルから石鹸を作るのが目的だ。

主婦達は前から私や子ども達が綺麗な髪をしているところに目をつけていたらしい。

秘密がオイーブオイルにあったと知って驚いていた。

いつでも身だしなみに気をつけていたい気持ちは私にも理解できる。

「じゃあ、次は私達の番になるね」

一方、オイーブオイルと石鹸の作り方を教える代わりに、私達は冬支度のやり方を教えてもらうことになった。

冬は外に出られない日も多くあるため、保存食の準備や家の中でできる仕事を用意しておくことが一般的らしい。

また、日が暮れるのも早いから、ろうそくの準備も必要だ。

ろうそくって作ったことなかったからね。

「においがよければいいんだけどね」

主婦達が持ってきた荷物から取り出したのは動物《どうぶつ》脂《あぶら》だった。

きっと動物性のろうそくを作るのだろう。

「くちゃい！」

リリは急いで別の部屋に逃げていく。

この世界の動物脂は結構においが強いため、料理に使う時も少し戸惑ってしまう。

ろうそくは動物脂で作るため、部屋中臭くなるのが当たり前らしい。

だが、ろうそくを使わないと真っ暗な冬を過ごすことになる。

「作り方はただ脂を溶かして、芯となる紐を入れて固めるだけよ」

言われた通りに動物脂を鍋に入れて、低温でゆっくり加熱すると溶けていく。

あとは竹のような植物でできた容器に移し紐を入れて、固めるだけだ。

脂を溶かしていると、そのにおいが部屋の中に広がっていく。

扉の隙間からにおいが漏《も》れるため、鼻が敏感な獣人の子ども達は鼻を押さえて遠くに行ってしまった。

「これって香り付けとかはしないんですか？」

私の言葉に主婦達は首を傾げていた。

子ども達の様子を見るに、さすがに孤児院で激臭がするろうそくは使えないだろう。

アロマキャンドルのように香りをつけることはできないのだろうか。

そこで、さっき一緒に石鹸シャンプーを作る時に、レモンリンスの作り方を教えたのを思い出した。水の中にレモンを絞《しぼ》っただけの簡単なリンスだ。

だが、それをそのまま入れると脂の中で蒸発するか、固まった時に分離するかもしれない。

「少し待っててくださいね」

そこで前に作っていたものを取り出す。

「これなら使えないかしら？」

持ってきたのはレモンの皮を乾燥させて、オイーブオイルにつけたものだ。

単純にレモン風味があるオイーブオイルを作ろうとしたのだが、レモンエッセンシャルオイルのようなにおいだったので使っていなかった。

脂の中に数滴入れてかき混ぜると、次第に動物臭が減っていく。

どうやらここでもオイーブオイルが活躍したようだ。

「これはオイーブオイルのおかげですよ」

「ええ、やっぱりママ聖女様だわ」

「マミさんあなた天才ね」


アロマキャンドル作りが終わる頃には、冬の話になった。

「マミさんのところは子どもがたくさんいるから気をつけないといけないわね」

「何にですか？」

「冬の呪いよ。この時期を乗り越えられない子どもが多いのよ」

なんと、この世界では冬に呪いが流行《はや》るらしい。

「先生、怖いね？」

リリが私の服をグッと掴む。

聞くところによれば、この国の子どもの致死率はとにかく高い。

そのほとんどが冬を乗り越えられずに死んでしまうそうだ。

「大人でも中々熱が下がらないし、気怠《けだる》さが残るのよね」

「去年は家族全員呪いにかかったけど、無事に生き延びられてよかったわ」

なんとなく、その呪いがどういうものなのか気になった。

魔法があるこの世界なら、呪いも存在しているだろう。

ただ、何でもかんでも呪いのせいにしている可能性がないとも限らない。もしただの病気を呪いと言って見過ごしているだけなら、改善の余地があるかもしれない。

「呪いの症状ってどんなのがあるんですか？」

「悪寒《おかん》から始まって急激な熱と体の痛み。あとは息苦しさと鼻水が出てくるわね」

主婦達の話を聞いていると普通の風邪症状に思える。

私のいた世界でも、薬がない時代は風邪でたくさんの人が亡《な》くなった。

もし呪いの正体が風邪なら、どれだけ免疫力をつけるかで、この冬を乗り越えられるかどうかが決まりそうだ。

「一番怖いのは、家族の誰かが呪われたら、みんな呪われることよ」

感染力が高いということだろうか。

「冬でも定期的に換気はしないとダメそうですね」

私の言葉に主婦達は一斉にこっちを見てきた。

また変なことを言ったのだろうか。

視線が急に集まってくることに慣れてないから、ドキドキしてしまう。

「マミさん、何を言ってるのよ！　冬は寒いし、呪いにかかったらそれを外に出さないように扉を閉めないといけないのよ」

どうやら冬は換気をせずに家の中にずっと籠って、時間が過ぎるのを待っているらしい。

平民は貴族と比べて栄養もしっかり摂れないし、家が狭いため空気が悪くなる。

また、運動する場所もなければ、どんどん免疫力は弱くなるだろう。

完全に呪いじゃなくて、感染症なんじゃないかって気がするんだけどな……

「私の国でも冬に風邪が流行るのは同じでした。ただ、空気が乾燥しているとウイルスという風邪の原因にとってはいい条件がそろってしまうので――」

「そのウイルスが体に入って呪いにかかるってこと？」

部屋の外にいたキキが興味深そうに聞いてきた。

そういえば、さっきよりろうそくの動物臭が減って、代わりにレモンの香りが広がっていたね。気になって様子を見に来たのだろう。

「さすがキキだね！　私の娘はえらいよー！」

キキを抱き寄せるとたくさんもふもふする。

耳の根元を触るとキャキャと言って喜んでいた。

不意に出る言葉や行動はやっぱり狐に似ている。

「ウイルスってこの間言ってた話だよね？　それなら手洗いとうがいをすれば呪いの予防になるね」

新しいことを知るのが好きなキキには、病気や体についてのことをよく教えている。

今回話に出てきた手洗いやうがいも、以前教えた風邪予防法だ。

「症状の感じからも、きっとインフルエンザだって気がするんだけどね」

「インフルエンザ？」

「私がいた世界ではインフルエンザという感染症が大流行して、たくさんの人が亡くなっています」

有名なスペイン風邪と言われるインフルエンザの大流行では数百万人も亡くなっている。

日本でも毎年秋頃から患者が増えていき、学校では学級閉鎖になるぐらい流行していた。

もし同じような感染症なら、しっかり感染予防をしていれば多少効果はあるだろう。

異世界にインフルエンザウイルスが存在するのかわからないが、召喚された聖女が持ち込んだと考えれば不思議でもない。

「今日作った石鹸は呪いの対策にもなるので、ぜひ日頃から使ってくださいね」

主婦達は髪の毛を綺麗にすることにしか使うつもりがなかったらしいが、呪いも防げる可能性があるとわかった瞬間、さらに石鹸を持ち上げ始めた。

「これは聖女様……いや、女神様からのプレゼントよ」

「ははー、女神様ー！」

「もう、みんなしてやめてくださいよ！」

みんなが赤面する私をからかってくる。

恥ずかしいけれど、異世界に来て、冗談が言えるような大切な友達ができたんだとつい嬉しくなる。

「ふふふ、やっぱりマミ先生は可愛いわね。ねぇ、アルヴィンさん？」

「そうだな」

扉の向こうではアルヴィンがこっちを覗いていた。

いつからそんなところにいたのだろうか。

キキが来た時は他の人はいなかったはず。

「もう、アルヴィンさんまでやめてください！」

その後もしばらく私は主婦達にからかわれていた。

第四章　ママ聖女、ふわっふわのもっふもふに出会う

「準備はできたかな？」

「バッチリさぁー！」

ちびっこの元気な声に思わず破顔する。

私達は汚れてもいい服に着替えて、庭にあるじゃがいも畑に集まっている。

今日は待ちに待ったじゃがいもの収穫日だ。

天気も晴天で、今日ほどいい日はないだろう。ちなみに、天気が悪い日だとじゃがいもが腐りやすいらしい。

そして、収穫に合わせて野菜屋の女性が手伝いに来てくれた。

彼女がいれば無知な私でも安心して収穫ができる。

「どっちが大きいやつを取れるか勝負だな！」

「兄ちゃんには負けないよ」

「オイラも勝負する！」

「キキも！」

子ども達は誰が一番大きなじゃがいもを収穫できるか競い合うらしい。

そういえば、最近クロはアルヴィンと少し距離を置いているようだ。

きっとあの家出事件の時何かがあって、二人の関係が変わったのだろう。

「レナードさんも参加しますか？」

「いえ、私はあいつが悪いことしないか見張っておきます」

そう言ってレナードは振り返ると、ある男を睨んだ。

今日もバッカアは孤児院の外壁から中を見ていた。

傍から見たら子どもを誘拐しようとしているおじさんのようだ。

中に入ってきたらいいのに、ここ最近はずっと外から私達を見ている。

「少し言ってきますね」

レナードさんにそう言って、私はバッカアのもとへ向かう。

私から近寄っていくとは思わなかったのか、彼はオドオドとしていた。

「よっ……よっ！　マミイモ偶然だな」

どこをどう見たら偶然になるのだろうか。

さっきからずっと動かずにこちらを覗いていたのを知っている。

それにしても、私のことをマミイモと呼ぶのは定着したようだ。

見た目がいいから余計に残念すぎるイケメン騎士に感じてしまう。

「こんなところにいたら邪魔ですよ」

「おっ……俺は通りすがりだ！　騎士は街が安全かどうか見張るのも仕事だからな」

「見張るじゃなくて、見守るでは？」

「そもそも第一騎士団は貴族を守るのが職務です」

「うっ……うるせぇ！」

私の後ろから近づいてきたレナードの一言に、バッカアは戸惑っていた。

相変わらずレナードはバッカアに対して冷たい。

一方バッカアは必死に何か言い訳を考えているのだろう。ずっと頭を抱えて考えている。

「ここは私が帰します」

レナードがバッカアに詰め寄ると、バカ騎士は助けてほしそうに私を見つめた。

本当にこの人は何をしに来たのだろうか。

「はぁー、バッカアさんもじゃがいも掘りしますか？」

「はぁん!?　なぜ俺がそんな平民の――」

「マミ先生の優しさに気づけない男は今すぐ帰れ！」

レナードの周囲だけ空気が冷たくなってきた。

きっと感情と魔力が同調しているのだろう。

魔法について勉強している時に、魔力が感情の高ぶりに伴って勝手に出てくる時があると学んだ。

特に怒った時にそれは顕著に現れるらしい。

「ぜひぃ、やらせてください」

あまりのレナードの迫力に、バッカアもじゃがいも堀りに参加することになった。

以前氷漬けにされてから、彼はレナードの魔法を恐れている。

レナードはそれまで氷属性魔法が使えない魔法だと言われることに悩んでいたけれど、私やキキの意見を聞いて魔法を発展させたのだ。

「レナードさんはさすがですね」

そう伝えると、レナードは少し嬉しそうに微笑んでいた。

ああ、笑顔が眩しすぎて目が開けられないな。

本当に騎士って性別関係なくイケメン揃いだ。

無理やりな気もするが、私達はバッカアと一緒に畑に戻った。

「なぁ、なぜバッカアがいる！」

「マミ先生はオレの後ろに隠れて！」

案の定アルヴィンとクロは警戒を強めていた。

「俺だって芋掘りなんて――」

「凍らせるぞ」

「やりたかったんだよ！」

いろんな意味でレナードの圧勝だ。

「その服装だと動きにくいので、脱いだ方がいいですよ？」

バッカアは簡易な鎧《よろい》を着ていたので、アドバイスをする。

というか、鎧を着ているってことは、また仕事を途中で抜け出してきたんだろうな。

「なぁ!?　お前こんなところで――」

バッカアはなぜか顔を真っ赤に染めていた。

何かおかしなことでも言っただろうか。

「やるなら脱げ」

レナードが鎧に手をかけたが、バッカアはそれを振り払った。

「お前ら俺に何するつもりだ！」

「何って脱がせる――」

「俺の初めては婚約してからだと決まってるんだ！」

そう言ってバッカアは走ってどこかへ行ってしまった。

バッカアは思ったよりも純粋な男性のようだ。

脱ぐって言っても鎧だけなのに、何か勘違いしたのだろう。

「ねぇ、兄ちゃん」

「なんだ？」

「俺の初めてってなに？　兄ちゃんはもう始めたの？」

クロに質問責めにされて、アルヴィンはタジタジになっている。

「いっ……芋掘りを始めるぞ！」

どう答えるのかとにやにやして見ていたが、すぐにアルヴィンは話を逸らした。

「兄ちゃんはどうなの？」

「ねぇねぇ！」

気づいたらみんなに囲まれて引っ張られている。

何も知らない純粋無垢な子ども達は、いろんなことに興味津々だ。

さすがに子ども達に教え出したら叩いてでも止めるが、アルヴィンもそこはわかっているらしく、無言で相手をしてやっている。

「さぁ、早くやらないとご飯がなくなるよー！」

私の声にみんなの耳がピクピクと動いた。

「それはいかんな！」

子どもだけではなく、アルヴィンまで反応していた。

やっぱりアルヴィンも大きな子どもみたいだね。あからさまにほっとしている様子を見ると、ついついからかいたくなる。

子どもに詰め寄られているアルヴィンを見てさすがに可哀想と思ったから助け船を出したけど、あのまま放置していても大丈夫だったかな？

「いつ来てもここは飽きないわね」

野菜屋の女性もそんなアルヴィンを見て笑っていた。

彼女もあえて声をかけずに、アルヴィンがあたふたとしている姿を楽しんでいたのだろう。

「この間収穫のお手伝いをしてくれた時に教えましたが、じゃがいもは保存ができる食べ物です。傷つけないように優しく掘りましょう」

「はーい！」

子ども達は胸の前で拳を作って敬礼する。

みんな揃っていてかっこいい。

ついつい私が褒めるように拍手すると、みんなこっちをチラチラと見ていた。

ああ、私が作業の邪魔をしていたね。

「ママ先生にはハムが教えてあげるね」

「えー、ラビも覚えているから教えられるよ」

畑の管理をしているハムとラビが私に教えてくれるようだ。

リリは出遅れたのかモゾモゾとしていた。

「リリも私に教えてくれないかな？」

「うん！」

声をかけると嬉しそうに近寄ってきた。

「まずは茎の近くに手を置くの」

「ははは、みんなの手は小さくてかわいいね」

四歳だとまだまだ手も小さくて、私の手の二分の一にも満たない。

そんな子ども達だけど、自信を持って教えている姿は立派だ。

「それでゆっくり土をバイバイするの」

小さな手で必死に土を取り除くと、じゃがいもが顔を出してくる。

「ママ先生、これがじゃがいもさんだよ」

「まんまるさんだね」

私が知っているじゃがいもよりも少し大きく、ゴロゴロとしている。

作る場所や方法によって少し形が変わるのだろうか。

「小さいのはまた今度埋めるから、先生食べちゃだめだよ？」

「食べちゃうのはハムじゃなくて？」

「ギクッ!?」

ハムは体をビクッと震わせた。

それをラビは見逃さなかったようで、ハムのほっぺたを無言で伸ばしていた。

孤児院の畑のほとんどはハム、リリ、ラビの三人が中心になって管理している。

今後のことについても、お互いに話し合ってしっかり考えているようだ。

ちなみに、ハムの言う小さいのとは、種芋にする予定のじゃがいものことだ。一般的に食べるじゃがいもと種芋になるじゃがいもは扱いが別らしい。

じゃがいもは朝に収穫して、日中に乾かして水分を取っていく。

だが種芋は日が当たる場所に出して、緑化させて芽を出しやすくする。

管理の仕方は全く異なるが、一切私は関わっていない。一応事故がないよう見守っているだけだ。

子ども達が一生懸命作った畑だと思うと感動が込み上げてくる。

「んー、みんなえらいよー！」

私がハム達に抱きつくと、嬉しそうに頬をスリスリと擦り付けてくる。

頬袋があるからか、人よりもプニプニとして柔らかい頬が心地よい。

「これに魔法をかけてもらってもいい？」

リリに言われた通り、集めてきた小さなじゃがいもに魔法をかける。

種芋は病気になると、成長しても食べられないじゃがいもになってしまう。

どれが病気になるのかは育ててみないとわからないらしい。

おまじない程度だが魔法をかけておいて損はない。

「先生こっちもじゃがいもあるよ」

「しぇんしぇーい！」

「ママ先生！」

なぜかじゃがいも畑には〝先生〟コールが響き渡り始めた。

どうやら掘ったじゃがいもを見て褒めてほしいらしい。

一人大人の男の声が混ざっていた気がするが、あえて無視した。

「ふぅ、たくさん取れましたね」

じゃがいもを全部大きな麻の袋に詰めたところ、五袋分は収穫できた。

「あとは孤児院の中で、日が当たらないところで保管していれば問題ないわよ」

直接日光が当たらない風通しがいいところに置けば長く保つんだって。

ちなみにこれもハム達が教えてくれた。

いつのまにかこんなに物知りになって、私も頼りにしている。

これだけあれば、たくさんのじゃがいも料理を食べることができるだろう。

せっかくだからじゃがいも収穫祭の開催だ。

「よし、今日はじゃがいもパーティーをしようか！」

「じゃがいもパーティー？」

子ども達はパーティーっていう言葉がわからないようだったので、ちょっとしたご馳走を用意することと説明した。

「アルヴィンさんは子ども達の面倒を見てもらってもいいですか？　私はレナードさんと買い物に行ってきますね」

「俺もついて――」

「お留守番をお願いします」

子ども達と遊ぶアルヴィンの後ろ姿はどこか寂しそうだったが、彼を残して私はレナードとともに商店街へ向かった。

「なぜアルヴィンを連れてこなかったんですか？」

「んー、レナードさんの方が私が欲しいものに詳しいと思ったので」

「へー、そうなんですね」

レナードが私の顔を覗き込んできたが、目を合わせないようにする。

今言ったことは嘘ではないが、それが全てというわけでもない。

最近アルヴィンといると胸の動悸が強くなる。

それもクロとの問題が解決してからだ。

不意に私の手を握ってきたり、体を支えてくれたりすることが増えた。

ただ、ぶつかりそうな私を引っ張ってくれたり、倒れるのを防ごうとしたりしてくれているだけだとは思う。

それはわかっているが、少しドキドキしてしまう自分が恥ずかしかった。

それを見たクロが怒るところは可愛いが、なるべく今は二人になることを控えている。

「それでマミ先生は何が欲しいんですか？」

「卵とか豆製品、牛乳です。どこに売っているかわかりますか？」

今まで町の中にいたけど、扱っているお店を見たことがなかった。

どこか別のところで売っているのだろうか。

「それなら直接買いに行く必要がありますね」

「直接ですか？」

「豆製品はわかりませんが、どれも腐りやすい食べ物なので、住宅街より奥に行ったところで売ってますよ」

どうやら野菜屋の畑に近いところで売っているらしい。

「ほとんどがすぐに食べないと、呪いにかかる食べ物ですからね」

きっと食中毒のことを呪いだと勘違いしているのだろう。

牛乳や卵って結構扱いが難しい。

「確かに、除菌とかもされていないですもんね」

「除菌ですか……？」

手洗いの文化がないなら、消毒の存在ももちろん知られていないだろう。

卵には汚れや菌が付着している。

日本で売られている卵は、次《じ》亜《あ》塩《えん》素《そ》酸《さん》ナトリウム溶液《ようえき》で消毒されたものが一般的だ。

「卵にはサルモネラ菌やカンピロバクターといった病気の原因が付着している可能性があるので、それが呪いを引き起こしているのかもしれないですね」

ちなみに、日本では生卵を食べる文化があるが、海外は生で食べるのを想定していないことがほとんどのため、消毒されていないことが多い。それに、日本の直売所で売られている卵の中には洗浄されていないものもある。

それだけ卵って気をつけないといけないことが多い。

今までこの世界に来てからは野菜とお肉しか食べてこなかったが、今後はレパートリーを増やすつもりなので、食材を探そうと思っている。他にも気をつける食品は多そうだ。

「マミ先生はやはり物知りですね」

「そんなことないです。ただ、学生の時に気になって調べたことがあるだけです」

ここはインターネットがある世界ではないため、疑問に思ってもそれを調べることすら大変だろう。

本当に便利な世の中で暮らしていたなと実感する。

「あっ、あそこで卵や牛乳を売ってますよ」

「おー、牧場みたいなところですね」

レナードが指さす先には大きな牧場があった。

牛や鶏に似た動物達が柵の中で一ヶ所に固まっている。

「変わった見た目をしてますね」

牛はヤギのように小さいし、鶏は知っているものより数倍大きい。どれも見たことがない姿で、まるで動物園へ来たような感覚だ。でも、よく見るとところどころに傷があるような……

じっと眺めていると、奥から鞭《むち》を持ったおじさんが歩いてきた。

ここの動物って、鞭を持たないといけないほど凶暴《きょうぼう》なんだろうか。

「おお、久しぶりに平民が来たな」

おじさん曰《いわ》く、一般的に卵や牛乳を買う人は貴族が主流らしい。

レナードが卵売り場を知っていたのは、彼女が貴族であることが関係していた。

「ははは、お嬢さんはあいつらを初めて見たのか」

「私が知っている動物と違っていて驚いています」

私の言葉を聞いておじさんとレナードは首を傾げていた。

「マミ先生、あそこにいるのは魔物ですよ？」

「よかったら中に入ってみるか？」

どうやらこの小さな牛や大きな鶏は魔物だったらしい。

魔物ってあの危ないやつだよね？

でも、以前アルヴィンさんに聞いた話では、魔物を食べたら死ぬということだったけど……

私は疑問を抱えつつも、案内されるがまま柵の中に入っていく。

「何を買いに来たんだ？」

「卵を買いに来ました」

「ちょっと待っててくれ」

それだけ言っておじさんは鶏達のもとへ向かう。

その間に、私はレナードに質問してみることにした。

「魔物の卵って、食べても平気なんですか？　以前魔物に流れる魔力と人に流れる魔力は別物だから、食べると危険だと聞いたことがあるんですが」

「それなら大丈夫ですよ。牛や鶏自身の肉ならともかく、生まれる前の卵や乳には魔力が含まれていませんから」

なるほど、そういう理屈か。

納得がいった私がレナードにお礼を言った瞬間、スパン！　という大きな音が響いた。

驚いて音がした方を見ると、おじさんが再度手を上げて大きく鞭を振るったのが見えた。

びっくりした鶏はその場で逃げ回っている。

あの柵は本当に外へ逃げないための柵だったんだ。

さっきまで鶏がいたところには、大きな卵がいくつか落ちていた。

鶏は驚いた拍子に卵を産み落とすようだ。

「あいつらはこうでもしないと卵を産まないからな」

そう言いながら、おじさんが片手サイズの卵を持ってきた。

どうやら鞭は卵を産ませるために必要なものだったらしい。

だから鶏達の体がボロボロになっているのだろう。

魔物といえど、どこかその姿が可哀想に見えてしまう。

「それで卵はいくつ必要なんだ？」

卵を買いに来るたび、また同じような光景を見ることになるのだろうか。

私が何も言わずに黙っていると、おじさんが表情を変えた。

「冷やかしなら帰ってくれよ」

「すみません」

卵を買うのを諦めて帰ろうとした瞬間、おじさんの後ろに何かが近づいてくるのが見えた。

「おじさん、危ないです！」

「えっ？」

さっき卵を産み落とした鶏が、おじさんを襲おうとしていた。

「マミ先生、離れてください！」

レナードが咄嗟に魔法で氷の盾を鶏の前に出した。

同時におじさんはその場で鞭を振るって鶏を叩く。

空気を切り裂くような大きな音が響いた。

『クウェエエエエ！』

鞭を受けた鶏が断末魔のような叫び声を上げ、その場に倒れた。

「すまない、助かったよ」

「いえ、マミ先生も怪我はないですか？」

「私は大丈夫ですけど……」

私の視線に気づいたのか、おじさんもつられて下を見る。

鞭で叩かれた鶏はその場でピクピクと痙攣《けいれん》をしていた。

「ああ、もうこいつは使えないな」

鶏に対して言っているのだろう。

仕方ないことだとわかっていても辛くなる。

「普段は大人しいやつらだけどな」

危険だと言われる魔物の中にも温厚な魔物は存在しており、ここにいる牛や鶏に似た魔物はまだ穏やかな気質らしい。

最後の力を振り絞って、ここから逃げ出そうとしていたのかもしれない。

「あんた、その魔法の強さは貴族だろ？　もしよかったらこいつを処分してくれ。中にある魔石も売ってくれればいい」

　おじさんはレナードにそう告げてどこかへ行ってしまった。

「あれってどういう意味ですか？」

「魔物の処理は大変なので、私の魔法で凍らせて処分してほしいということだと思います。それから、魔物は体内に魔石があって、売り物になるんです」

　おじさんの言ったことはそのままの意味だった。

　平民は魔力を持っていても魔法を使えない人が多い。

　魔物を倒しても、死体を処理する方法が焼くことしかない。

　魔法なら火《ひ》属性《ぞくせい》魔法《まほう》で一瞬で燃やせるし、風《かぜ》属性《ぞくせい》魔法《まほう》なら切り刻める。

　きっと貴族ならそれが簡単にできると思ったのだろう。

「私の氷属性魔法だと、どうしようもできないですけどね」

　少し寂しそうにレナードは笑っていた。

「まだ生きているのに可哀想ですね」

　そっと私は鶏に近づく。

「危ないです！」

　咄嗟にレナードが私を引き留めた。確かに、まだ生きている魔物に不用意に近づくのは危ないかもしれない。
ただ、このまま傷だらけで死ぬのも可哀想に思ってしまう。
できるなら傷口だけでも治してあげたい。
最期をボロボロの姿で迎えるのはあんまりだ。
鶏に触れて回復属性魔法をかける。
羽が思ったよりもふわふわしていて、つい撫でてしまった。
せっかくなら綺麗なままで天国に行ってほしい。
そんなことを思いながら、傷が塞がるように血小板に意識を傾ける。
その時、鶏の目がパチリと開いた。
澄《す》んだ瞳に私の姿が映る。
「逃げて！」
「えっ？」
レナードは私を勢いよく引っ張った。
しかし、それよりも鶏の動きの方が早かった。
私を押し潰すかのように、鶏が上に乗っかってきた。
ところが、別に襲ってくるわけでもなく、自身の羽を私にスリスリしてくる。

「ははは、くすぐったいよ」

ふかふかな布団がわさーっと被さってくるような感じがした。

体は大きめなのに体重は軽いようだ。

「マミ先生、大丈夫ですか？」

「大丈夫ですよー！　羽毛布団みたいで心地いいです」

私はその後も睡魔に襲われながらも、しばらくもふもふを満喫した。

「どうしましょうか」

「流石《さすが》に処分するわけにはいかないですよね」

私が帰ろうとしても、鶏は私にくっついて離れようとしない。

こんなに魔物って懐《なつ》くものだろうか。

ふかふかしているし、ちょっと可愛い。

それに流石にこんなに懐いている鶏を殺すことはできない。

「連れて帰ったら怒られますかね？」

「処分してほしいって言っていたので大丈夫だと思いますよ」

孤児院で飼えるかはわからないが、そこは帰ってからみんなで相談すればいいか。

「一緒に帰る？」

『クウェ！』

これは帰ると返事をしているのだろうか。

ただ、体は仲間がいる柵の方へ向いている。

「もしかすると家族がいるのかもしれないですね」

「ああ……なら仕方ないですね。ここに置いていきましょうか」

私達はその場から立ち去ろうとしたが、鶏が巧みなディフェンスをするため帰ることができない。

高速反復横跳びに、つい私も笑ってしまった。

「あなたはここに残るのよ」

言葉を理解しているのか、必死に頭を横に振っている。

「私はどうしたらいいの？」

鶏は仲間達の方へ歩いていくと、何度もチラチラと私の方を見ていた。

「ついてこいってことかな？」

「何かあれば私がお守りしますよ」

「ふふふ、レナードさんは頼もしいですね」

魔法もコントロールできるようになりつつあるレナードなら、何かが起きる前に守ってくれるだろう。

しかし、私の考えに反してレナードは眉をひそめる。

「やはり普段から剣を持ち歩かないといけないですね」

レナードは騎士団に所属するれっきとした騎士だが、今は孤児院にいることが多いため、剣を持って移動することがない。

今日みたいなことがあると、尚更そう思うのだろう。

「氷属性魔法で剣とか作れたら便利そうですね」

何となくの思いつきで言ったが、レナードは何かヒントを得たらしい。その場に立ち止まって考え込んでいる。

ずっとこちらを見ている鶏が可哀想に思えてきたので、レナードに声をかけて再び柵の中に入る。

警戒しながらも近づくと、みんなの体には鞭で叩かれた痕跡が残っていた。

「みんなに挨拶がしたかったの？」

『クウェ！』

返事をするってことはきっと合っているのだろう。

なら、私もそんな仲間達にプレゼントを贈《おく》ることにしよう。

近くにいる牛に触れると、魔法で幹細胞《かんさいぼう》や角質細胞に働きかける。

あとは成長ホルモンが出る視床下部《ししょうかぶ》を意識する。

少しずつ皮膚が綺麗になり、牛の体から傷が消えていく。

やっぱり回復属性魔法って便利だよね？

なんで不遇な魔法とされているのか疑問に思ってしまう。

「どうにかなるものですね」

「やはりマミ先生は女神様だ」

あれ？

聖女から女神に昇格している気がする。

ここでそれを気にして面倒くさい人だと思われるのも嫌だと思い、気にしないことにした。

それよりもこの力があれば火傷とかで皮膚に問題がある人も、どうにかなるのではないかと思ってしまう。

その後も傷を癒し続けていると、いつのまにか牛と鶏達に囲まれていた。

これがもふもふパラダイスというものだろうか。

どちらかといえばもふもふというよりふわぁふわぁパラダイスに近い。

ずっとここにいたら延々と眠れてしまうような気がする。

「これで全員傷は消えたかな？」

『クウェ！』

『ンモォー！』

どうやらみんな私の言葉を理解しているようだ。

私にできることは少ないが、この子達が元気に過ごせるように最後に願いを込める。

「みんな元気でね」

こんなに可愛い子達ばかりだから、再び傷つかないように何かできたらいいんだけどな……

「レナードさん」

「どうしました？」

「さっきのおじさんに、この子達をなるべく痛めつけないように伝えてもらってもいいですか？」

今私にできるのは貴族であるレナードに頼って、注意をしてもらうことだけだ。

「きっと鞭で叩くより、違う方法で驚かせた方が効果的ですよ」

私がその場で音が響くように手を叩くと、驚いた何羽かの鶏が卵を産み落とした。

「ははは、驚かせてごめんね」

苦笑して謝ると、鶏達は大丈夫だと言わんばかりに鳴き声を上げた後、卵を産み始めた。

周囲には卵が散乱し、牛は必要以上に胸を押し付けてきている。

きっとこの子達は感情に合わせて卵を産んだり牛乳を出したりするのだろう。

今は治療のお礼をしようとしているようだ。

彼らの意図がなんとなくわかって、私は隣のレナードを見上げる。

「レナードさん、氷で器は作れますか？」

「やってみます」

レナードは魔法で大きな氷を出すと、形を変えていく。

少し不格好な見た目をした氷の器を地面に置くと、牛達はそこに牛乳を出していた。

乳を搾《しぼ》っているわけでもないのに勝手に出てくるのは魔物だからだろうか。

鶏達も自分達が産んだ卵を転がして運んできた。

勝手に持って帰ってもいいのだろうか。

レナードに大体の相場を聞き、その分のお金を渡す。

「では彼に支払いとさっきのことを伝えに行くので、絡まれないように外で待っていてください」

「また、私が冷やかしているって思われると大変ですもんね」

私は周囲に注意を払いながら、卵と牛乳を持って少し離れたところで待つことにした。


「やっぱり連れてきてもいいんですかね？」

「勝手についてきているので問題ないとは思います……」

帰り道、困り果てた私はレナードに小声で相談していた。

初めに助けた鶏を仲間達のもとへ返したと思ったら、後ろから隠れてついてきていたのだ。

柱の陰に隠れているが、もふもふした体は隠し切れていない。

「そろそろ商店街に入るから危ないですよね？」

街の人が魔物が逃げ出したと知れば大騒ぎになるだろう。

それに私達の手には卵と牛乳を抱えているため、咄嗟に庇《かば》うこともできない。

「そんなところに隠れていないで出てきなさい」

レナードの声に鶏はビクッとしたが、体を隠したまま出てくる様子はない。

レナードもどうすればいいのかわからず困っている。

「よかったら手伝ってくれないかな？」

とりあえず荷物が多いのを理由に、助けを求めるふりをしてみた。

ある程度近くに寄ってもらえれば、街の人にペットだと思ってもらえるかもしれない。

「一緒に帰るわよ」

『クウェ！』

鶏は嬉しそうに姿を現して駆け寄ってきた。

どことなく孤児院にいる子ども達と似ている気がする。

さっきも思ったが、異世界の鶏って独特な鳴き声だ。

「んー、さすがに卵を持たせるのは危ないよね？」

割ったら大惨事だ。

それなのに必死に羽を広げて任せろと言っている気がした。

恐る恐る卵を渡すと器用に転がしながら、羽と体の隙間に挟んでいた。

思ったよりも器用に羽が扱えるようだ。

「じゃあ、孤児院に帰りましょうか」

私達は周囲を気にしてビクビクしながら商店街を突き抜けていく。

みんな初めはびっくりした顔をしていたが、私が近くにいるところを見ると気にせず手を振ってくれた。

魔物がいるのに、それで納得してもいいのかと逆に思ってしまう。

「相変わらず変わったやつを引き連れているな」

「マミさんはホイホイと何でも引き寄せるから仕方ないのよ」

途中で野菜屋の夫婦に声をかけられた。

畑でじゃがいもの収穫を終えてから、すぐに店に戻って仕事をしているらしい。

それより、奥さんの言葉は一体どういう意味なんだろうか。

ちょっと苦笑いしつつ、私は二人に頭を下げる。

「じゃがいも掘り、手伝っていただきありがとうございました！」

「いえいえ、気にしなくていいのよ」

「それで……さっきの言葉はいい意味ですか？」

どことなく、ゴキブリを粘着シートに引き寄せるあの商品みたいな言い方をされた。

「怪しいやつにまで好かれてるって意味だろ？　最近増えた騎士もそんな感じだもんな」

ああ、バッカアのことか。

これは完全にからかわれているな、と私はジトッとした目で夫の方を睨む。

以前彼にギルドで説教してから、店で見かけることが増えたが、今日は珍しく冒険者の格好をしている。

それに気づいたのか冒険者の夫はにこりと笑っていた。

「俺に惚れたか？」

うん、この人も頭がお花畑のような気がする。

「あの人でも手こずっているのにそれはないわよ」

「ははは、それもそうだな」

「あの人って誰のことですか？」

「はぁーーーーーー」

私の言葉に、野菜屋の夫婦とレナードは大きくため息をついた。

「これは王都の外壁よりも硬そうだな」

「それがマミさんのよさでもあるからね」

何の話かはわからないが、こうしてからかわれるということは、商店街の人との距離もだいぶ近くなったのだと思いたい。

「そろそろ聖女様の仕事も増えてくるから準備しておいてくれよ」

そう言って冒険者は去っていった。

「この時期って何かあるんですか？」

「寒くなる前に魔物の動きが活発になるのよ」

どうやら動物が冬眠するのと同じで、冬が来る前に食べ物を確保しようと魔物の活動が活発になるらしい。

ようやく仕事をする機会が増えるようだが、看護師として喜んでいいのか疑問に思ってしまう。

「冒険者を夫に持つ女性達みんなにとって、落ち着かない日々が続くのよ。今回はマミさんがいるから少しは安心だわ」

それだけ怪我人が増えると言っているのだ。

男達は骨折しただけで死を覚悟してあんなに泣き喚《わめ》いていた。

そんな人達が増えると思うと、先が思いやられる気がする。

レナードと私は、帰ってきたことがばれないようにひっそりと孤児院に入っていく。

「あっ、しぇんしぇいだ！」

「おかえりー！」

しかし、早速子ども達に見つかってしまった。

まずい、クロとアルヴィンに魔物を連れ帰ったことがばれたら大変なのに。

「ママ先生とレナねえ、二人でお出かけしてたの？　これって浮気ってやつじゃないか⁉」

トトの声に反応して、みんなが騒ぎ出した。

このままではあの二人に見つかってしまう。

というか、〝浮気〟という言葉をトトに教えたやつは誰だ。私直々に鉄槌《てっつい》を下す必要がある。

「みんな静かに――」

「ママ先生、この子誰？」

「マミ先生……？」

ああ、やっぱり二人は同じ反応を見せていた。

クロは私の足元の鶏を睨んでいるし、アルヴィンは剣まで構えて今にも襲いかかりそうだ。

本当に兄弟って言っても納得できるほど反応が似ている。

「ついに魔物までホイホイしたんですね」

「だからオレか兄ちゃんを連れていくべきだったんだ！」

なぜか二人に怒られてしまった。

ただ、鶏に害がないことにいち早く気づいたのは、鳩《はと》に似た獣人のポッポだった。

「何かあったのかぽっ？」

『クウェ！』

ポッポは鶏に近づくと何か話している。

何か感じるものがあるのだろうか。

「先生、あいつって美味しいの？」

「オイーブオイルでつけ込む？」

一方、齧歯類仲間のハムとリリは食べる気満々だ。

それを悟ったのか、鶏もポッポの後ろに隠れていた。

ただ、とにかく体が大きいため顔すら隠れていない。

「殺されそうになってたから連れてきたの」

「ふぇ!?」

私の言葉を聞いてちびっこ達は集まっていく。

「つらかったね」

「よちよちようか？」

「うちが守ってあげるね」

優しい言葉をかけてあげるちびっこ達に、つい涙が出てきそうになる。

きっと新参者である鶏はみんなの末っ子ポジションになるだろう。

しかし、リリとハムは大げさに肩を落としていた。

「はぁー、食べられないのか」

「丸々して美味しそうなのにね」

『クウエエエエェェェェ⁉』

トトやクロみたいな見るからに肉食っぽい獣人が言うなら理解できるが、ハムスターとリスに襲われる鶏ってどことなく不思議だ。

「今日は新しいメニューを作るからハムとリリも手伝ってね」

「美味しいやつなのか？」

「オイーブオイル使う？」

「とっても美味しくて、オイーブオイルは必需品かな！」

「やったー！」

ハムは新しい料理に喜び、リリはオイーブオイルを使ってもらえることに喜んでいた。

鶏のことはちびっこ達とぽっぽに任せて、早速料理を始めようかと思ったが、問題の人物達がまだ残っていた。

「ママ先生、あいつがきてもオレが一番？」

クロは私にべったりして離れようとしない。

服の裾を持ってずっと後をついてきていた。

いつもはみんなのお兄ちゃんだけど、まだまだ親離れができないようだ。

「んー、私はみんなの一番だからね」

「ムッ……」

「でもクロのことは好きだよ」

私の言葉に曇《くも》っていたクロの顔が明るくなる。

きっとまた寂しい思いをさせていたのだろう。

長男や長女って我慢をさせられることが当たり前になってくるから、気をつけないと。

それに、私の一番であり続けたいというクロの気持ちがますます強くなっている気がした。

騎士になりたいというのも、そんな思いから来ているのだろう。

「オレも鶏と遊んでくる！」

さっきまで睨んでいたのが嘘だったかのように、クロは元気よく鶏のもとへ向かった。

「はぁー、クロばかりズルいな」

「アルヴィンさんはいつまで落ち込んでいるんですか？」

そして、最大の難関はアルヴィンだ。

「だって俺もマミ先生を独り占め――」

「あー！　今日はマヨネーズとアイスとかでも作ろうかな」

「マヨネーズ？　アイス!?　先生早く作ろうよ！」

「リリも食べたい！」

「私も食べたことない料理気になります！」

やっぱりアルヴィンに対して気を抜いたらいけないようだ。

さっきの一言で私の鼓動は一気に加速していた。

ただ、アルヴィンの声をかき消すほどみんなの声が大きかったので、なんとか誤魔化《ごまか》せたらしい。

「アルヴィンさん、熱いお湯を出してもらってもいいですか？」

「どうせ俺なんて――」

「先生、マヨネーズは？」

「アイスは？」

ハムとリリが期待した顔で私を見つめてくる一方、アルヴィンは拗《す》ねているのか壁にもたれて、チラチラと私を見てくる。

今回の料理にはどちらともアルヴィンが必要不可欠になる。

このままでは手伝ってくれないだろうな。

本当に大きな子どもだね。

「アルヴィンは私にとって必要な人ですよ」

うん、間違いではないはずだ。

孤児院の便利家電としての役割を持っているアルヴィンはいなくちゃならない存在ではある。

「ほぉ、そうか。俺は必要なんだな」

満足したのか壁にもたれていたアルヴィンは近づいてきた。

私は知らないふりをして作業を始める。

「じゃあ、ここにお湯を――」

アルヴィンは私の髪の毛に触れてキスをした。

「なっ、何ですか⁉」

「俺にとってもマミ先生は必要だ」

また不意をついて甘い言葉を囁《ささや》いてくる。

この人といると心臓がいくつあっても足りない。

ここ最近の冗談は度を超えている。

「じゃがいも掘りで汗をかいて汚いので、すぐに洗ってくださいよ」

急いでアルヴィンの口を布で拭くと、嬉しそうに微笑んでいた。

無表情になったり、優しく微笑んだりと、改めて表情豊かな人に変わったと感じる。

「ねねレナねえ、アルにいはこれでいいのかな？」

「いやー、まだママ先生には響かないでしょうね」

レナード達が何か話しているのをよそに、私は作業に戻った。

「ハムは汚れを拭き取ったらお湯の中に卵を入れてね」

卵の殻には微細な穴があると言われている。

汚れを洗い流すとその穴から殻の表に付着していたサルモネラ菌が入る恐れがあるため、布で拭き取るのが一般的だ。

小さい時に自由研究で母親と一緒に調べたのが懐かしい。

小さな泡がぶくぶくとしているお湯の中に卵を入れる。

サルモネラ菌の対策のためには火を通す必要がある。

ただ、あまり温度が高いとゆで卵になってしまう。

今回目指しているのは温泉卵になる一歩手前だ。

本当は生卵を使いたかったが、異世界の卵事情もわからないし、消毒もしていないからね。

普通の卵よりも大きいため、ある程度火を通す時間を長めにしないといけないだろう。

その間に採れたてのじゃがいもをゆでていく。

今回作るのはポテトサラダ、じゃがいものガレット、フライドポテト、オムレツ。あとは簡単にスープを作る予定だ。

もちろんデザートにはアイスが付いている。

揚げ物をどうしようかと思ったが、オイーブオイルを使って作ってみることにした。

冬の準備にキャンドルが必要なため、最後に残った油はその材料として使えば問題ないだろう。

まずはマヨネーズ作りだ。

「先生、卵はもういいかな？」

時間的には十分は経っているかいないかぐらいだが、サルモネラ菌は殺菌できている気がする。

確か七分ぐらい七十度のお湯に入れればいいはず。

卵を冷やして割ってみると、白身が少し固まっている程度で、黄身は半熟になる手前だった。

「これでも美味しそうだね」

「食べりゅ？」

「勝手に食べたらママ先生に怒られるよ。それにお腹が痛くなるって――」

「リリは食べないもん！」

ハムとリリは初めて見た卵の中身に興味津々だ。

生で食べるとお腹を壊すことを伝えているため、二人はしっかりと加熱しないといけないことを理解している。

卵が入った皿にレモン果汁と塩を入れて、フォークで混ぜる。

材料は少なくて簡単だが、工程一つ一つが一人でやるにはハードなのが難点だ。

少し混ぜたらオイーブオイルを何回かに分けて入れていく。

「もう疲れた……」

「次はリリの番ね！」

泡立て器やミキサーがないため、フォークを使ってとにかくかき混ぜる。

その間に私はガレットとフライドポテトを作っていく。

マヨネーズを作るのって結構時間がかかるからね。並行してやるのが時間短縮のコツだ。

いつのまにか子ども達が全員参加して、みんなで必死にかき混ぜている。

入れては混ぜてを繰り返していくと、少しずつクリーム状になってきた。

「そろそろ完成かな」

ぐったりとした子ども達の成果として、ヘルシーなマヨネーズができた。

一般的な材料が手に入らないため、代用して作ってみたが、思ったよりもマヨネーズっぽく完成した。

その間に準備したゆでじゃがいもと小さく切ってカリッと焼いた肉を混ぜ合わせて、ポテトサラダの完成だ。

見たこともないじゃがいも料理にみんな目を輝かせていた。

「先生、はやくー！」

「しぇんしぇーい！」

隣の部屋から私を呼ぶ声が止まらない。

「あとは冷やすだけなので、レナードさんお願いします」

ちょうど今アイスのもとを作り終えたところだ。

レナードからは牛乳はそのまま飲めると聞いていたが、衛生的に怖いというのが正直なところだ。

子ども達も消化がうまくできずに、お腹を壊してしまう可能性もある。

しかし、アイスに使う際は鍋で煮る工程があるので、一応安心だろう。

レナードの氷属性魔法で氷でできた型を出して、そこにアイスのもとを流し入れる。

そのまま冷やし続けるようにレナードに伝えて、私は台所を出た。

急いで向かうと、ちびっこ達がよだれを垂らしながら待っていた。

ハムはよだれが垂れないように何度も吸っている。

「お待たせしました」

「先生はやく！」

「お腹と背中がくっついちゃう」

みんなたくさんあるじゃがいも料理が気になって仕方ないようだ。

私を見た瞬間に手を合わせていた。

すでに食べる準備はできている。

「では、いただきます！」

「いた！」

「い！」

挨拶を省略して子ども達はすぐに食べ出した。

「あっ、それオレが食べようとしていたやつ！」

「ははは、早いもん勝ちだ」

アルヴィンとクロも取り合いをするほど必死だ。

行儀も作法もない様子に、アルヴィンが本当に貴族だったのかと思ってしまう。

まあ、レナードから聞いた話では、貴族の食事もそこまで美味しいものではないらしいし、異世界の料理に飛びつくのは不思議ではないけれど。

「うっ……うんまー！」

「先生！　マヨネーズ美味しいよ！」

「リリはマヨネーズと結婚するの！」

本当にパーティー会場さながらだと思うほど、子ども達ははしゃいでいた。

リリなんてマヨネーズと結婚したいと言い出すぐらいだ。

それだけマヨネーズはみんなに好評らしい。

ここまで沸き上がるのはうどん以来だろう。

そんな中ポッポは席を立って、私の裾を掴んでいた。

「にわとりしゃんは食べてもいいぽっ？」

鶏はポッポの隣でずーっと大人しく待っていた。

そういえば、みんなのご飯を用意することに集中して、鶏の食べる物を準備していなかった。

「ガレットなら食べられるかな？」

ポッポがお皿に取り分け、鶏の目の前に出した。

『クウェ！』

皿が置かれた途端、鶏は返事をしてガレットを食べ始めた。

『クウェーーー！』

どうやらじゃがいも料理は鶏の好みにも合うようだ。

その後メイン料理を堪能した私は、早速次の準備にとりかかる。

この世界に来て初めてのデザートに、私のテンションも上がっていた。

「しぇんしぇい、何作ったの？」

子ども達もゾロゾロと集まってきた。

レナードが差し出してくれた器には、完成したアイスが盛り付けられている。

「わぁー、ママ先生綺麗だね」

氷で作られた綺麗な器とアイスは涼やかな見た目で、子ども達は目を輝かせた。

「ママ先生は前から綺麗だ」

「もう！　アルヴィンさんは静かにしててくださいよ」

また不意に発されたアルヴィンの言葉に、息が苦しくなる。

「ママ先生お熱あるの？」

そんな私をクロが心配して、額をピッタリとくっつけてきた。

子どもの体温は高めだが、私の顔も赤くなっているのだろう。

いつもみたいに冷たく感じなかったらしい。

「オイラもやる」

「あっ、キキもやりたい！」

その後も子ども達が交代で私の熱を測ろうとしてくる。

「なら俺――」

「アルヴィンはアイスを運ぶのを手伝って」

レナードはそんな私の気持ちに気づいたのか、アルヴィンを遠ざけてくれた。

この世界に来て初めて食べたデザートの味の代わりに残ったのは、どこか甘ったるい記憶だった。

第五章　ママ聖女、全ては勘違いです

「ねぇ、マミさん最近どうなのよ？」

「最近ですか？　子ども達が元気いっぱいで可愛いですよ」

「はぁー。相変わらず鉄壁かー」

普段野菜屋で働く私は今日も孤児院に手伝いに来てお節介《せっかい》を焼いている。

今の楽しみは孤児院の先生であるマミさんと騎士のアルヴィンとの恋を応援することだ。

ただ、その肝心のマミさんが中々鈍感なのと、アルヴィンのアプローチが弱くて見ているこっちがじれったく感じる。

商店街の真ん中で見た愛の告白も、マミさんには伝わっていないのだ。

そんな二人は、商店街の主婦達の話題の的になった。

最近ではこの二人の恋を応援するために定期的に話し合いをするぐらいだ。

途中、頭の悪い騎士もスパイスに加わったようだが、それでも中々二人の関係は発展しない。

「マミ先生、何か手伝えることはあるか？」

「あっ、ありがとうございます。今は大丈夫ですよ」

今も目の前でいつも通りに話している。

いつも通り――

いや、少しマミさんがアルヴィンから視線を外している気がするわ。

何か感情の変化があったのかしら。

ただ、それにアルヴィンも気づいていないのか、その場から去ってしまった。

またアルヴィンを呼び出して、話を詰めないといけない気がする。

「マミさん、少し顔が赤いけど大丈夫ですか？」

「えっ、いや……何もないですよ」

絶対何かあったのだろう。

ここはお節介な主婦の出番だ。

「アルヴィンさんとは最近どうなんですか？」

今度はわかりやすく聞いてみる。

「えっ……あっ……」

一瞬にしてマミさんの顔は赤く染まっていく。

にやにやが抑えられない私はマミさんに近づいていく。

「何かあったんですか？」

「いや……私が恋愛初心者なので勘違いかもしれないんですが」

「うんうん」

おっ、やっとアルヴィンの気持ちに気づきだしたのかしら？

「最近アルヴィンさんの距離が近いんです」

「二人とも仲がいいですもんね」

「昨日なんて髪の毛にキスをして――」

うっし！

ちゃんと作戦通りに決行しているわね。

主婦のみんなで、騎士にされたら一番ときめくことは何かを話し合った甲斐があったわ。

冒険者の夫にそんなことされたら、往復ビンタをするだろう。それはかっこいい騎士だから許されることよ。

私はさらにマミさんに詰め寄る。

「それでどう思ったんですか？」

「いや、汚いから離れてくださいと……」

あー、アルヴィンよ。

押しが弱かったのか。

マミさんの鉄壁な守りをくずすには、畳み掛けろとあれほど言ったのに。

もはやドラゴンになった気分でいけと伝えたのに、まだ足りなかったのかな?

「ただ、最近こういうことばかり増えてきて」

ん……これはまさか……?

「ひょっとしたら私に気があるのかなって勘違い――」

「きたー!」

私はその場で両手を上げて喜んでしまった。

あの鉄壁の女神であるマミさんの壁を少しずつ破壊できている。

「あっ……すみません」

私は急いで座り、再びマミさんの話を聞くことにした。

もう少しで二人の関係に変化が出てきそうなのね。

今すぐにでも主婦仲間に報告に行きたいぐらいだわ。

「だから、少し距離を置いてみて――」

「いやいや、距離を置いたらダメよ!」

今でも鈍感で鉄壁な女神なのに、さらに難攻不落になられたら困るわ。

「そこは素直に受け取ってみたらどうですか？」

「受け取るですか？」

「ええ、興味がない男性なら普通はそんなに優しくはしないですよ」

「そうですか……」

「マミさん、私達と話す時のアルヴィンさんの顔を見たことがありますか？」

「顔ですか？」

「無表情です」

正確に言えば必死に学ぼうとして無表情になっている。

マミさんの話をした時だけ、デレデレしたり笑顔になったりと表情が変わる。

それを見て私達も楽しんで……いや、応援している。

きっと鈍感なマミさんはそれにも気づいていないのだろう。

「騎士が自分だけに微笑んでくれるってすごく素敵なことですよ」

これぐらい言わないとマミさんは気づかない。

顔が赤くなっているところを見るに、実感してきているのだろう。

「ではここで失礼しますね」

今日はここまでにして帰ることにした。

「あっ、お話を聞いてくださってありがとうございます。よかったらこれの感想ももらっていいですか」

「これは何ですか？」

「マヨネーズっていう調味料なんですが、腐りやすいので早めに食べてくださいね。おすすめは野菜につけたり、ゆでたじゃがいもに絡めたりする食べ方です」

「食べてみるわね」

今日のお節介もここまでにして、もうしばらく彼女達を見守ることにした。

今すぐにでも主婦達に情報を伝えたいからね。

それにしても、この白い調味料は美味しいのだろうか……

◇

昨日は野菜屋の女性にたくさん話を聞いてもらっちゃった。

あまりにもアルヴィンが私に気があるような話をされて、その日はずっと心臓がバクバクしていた。

恋愛ってこんな感じの気分が続くのかしらね。

ため息をついた瞬間、玄関の扉が開き、大きな足音を鳴らして誰かが入ってきた。

「マミさん！」

「あっ、はい！」

振り返るとそこには野菜屋の女性がいた。

「夫の様子が変なのよ！」

その言葉に私は嫌な予感がした。

彼女には昨日マヨネーズを試食で渡した。

ひょっとしたら体調を崩したのだろうか。

「ごめん――」

「あの調味料が美味しすぎて、夫が野菜しか食べないのよ！」

私はその場で転びそうになる。

確かに子ども達もずっとつけて食べているけれど、この世界にはない味に驚いている程度だと思っていた。

それが思っていたよりも中毒性が高い調味料になっていたらしい。

恐るべしマヨネーズだね。

「材料があれば追加で作りますよ」

「ええ、本当に⁉　今すぐに買ってくるわ」

オイーブオイル以外は簡単に購入できるため、卵とレモンをたくさん買ってくるように伝えた。

すると、この話を聞いていた他の主婦達も興味深そうに私のもとに近寄ってくる。

「そんなに美味しいなら私も材料を買ってこようかしら」

今日手伝いに来ていた主婦は商店街のお店で働くお母さん達だ。

子どもや夫に野菜嫌いが多いから、さっきの話を聞き逃すことはなかったようだ。

「この際、主婦会のメンバーに配りましょう」

なんでも、主婦会という集まりが最近できたらしい。

主婦ではない私はまだ一度も呼ばれていないが、そこで配ってもいいかと聞かれた。

「私もそこに参加しましょうか？」

「あー、いやー」

「参加するならアルヴィンさんの方が向いてますね」

どうやら私よりアルヴィンの方が主夫に向いているらしい。

最近は子ども達とたくさん遊んでくれるため、傍から見たらいい父親に見えるんだろう。

「あら、マミさん顔を赤くしてどうしたのよ」

「いや、何もないですよ」

昨日アルヴィンについて相談してから、どうも調子がおかしい。

野菜屋の女性の言葉を聞いて、好意を持たれているのかもしれないと思うようになってきた。

きっと勘違いなのは間違いない。

むしろ勘違いだと思わないと、しばらく一緒に生活ができない気がする。

ただ、彼の優しい姿を見たらつい意識してしまうのだ。

「ちょっと、何か変な感じで拗《こじ》らせてないかしら？」

「昨日までは初々しくてよかったのよ！」

なぜか野菜屋の女性も交ざって、コソコソと話していた。

「そもそもマミさんは、なぜそんなに恋愛に対して消極的なの？」

「えっ……」

聞かれるとは思わなかったが、過去の嫌な記憶が蘇《よみがえ》ってくる。

「それは……昔付き合っていた人に騙されて――」

――ガシャ！

突然大きな音が聞こえたので、そちらに目を向けると、アルヴィンが木で作った器を落としていた。

「マミ先生、変なことをされたのか？」

「あっ、いや特に変なことは――」

「俺が今すぐにそいつを殺してくる」

絶望したような顔をしていると思ったら、突然無表情になったアルヴィンが物騒な発言をする。

そもそもその人はこの世界にはいないけれど、今のアルヴィンの顔を見たら本当になんとかして殺しかねない気がした。

「聖女召喚される前のことなので――」

「ならそいつを召喚すればいい」

「言ってることがめちゃくちゃです！　今はアルヴィンさんと子ども達しか大事な人はいないです」

なぜこんなにもアルヴィンは怒っているのだろうか。

あまりにもカッとしたため、つい思っていることがそのまま口から出てしまった。

「マミさん」

「へっ⁉」

顔を上げると、アルヴィンは見たこともない満面の笑みで私を見ていた。

「俺のことがそんなに大事か？」

その瞬間、さっき言ってしまった言葉が頭の中で繰り返し復唱される。

〝今はアルヴィンさんと子ども達しか大事な人はいないです〟

「あっ、いや……勘違いです！」

「俺は嬉しい」

勘違いだと言っても、アルヴィンはずっとニヤニヤしている。

「あっ、いや……レナードさんも大事ですし、みなさんも……」

あまりにも甘いアルヴィンの視線に戸惑って顔を背けると、ニヤニヤした主婦達が私を見ていた。

「私達は卵とレモンを買いに行ってくるわね」

「お楽しみに」

ああ、なぜ私だけ置いていくんだ。

ここはいつも仲よくしているよしみで助けてくれてもいい気がする。

「ママ先生、兄ちゃん知らない？　剣の練習が……あー！」

ちょうどいいタイミングでクロが現れた。

どうやら剣の訓練をする約束をしていたのに、アルヴィンが来ないため迎えに来たらしい。

「ママ先生を独り占めしてる！」

クロの声が孤児院に響いたのか、ドタバタと子ども達の足音が近づいてきた。

「あー、アルにいせこい！」

「オイラもママ先生と遊びたいのに！」

「キキも勉強教えてもらう予定だったもん」

子ども達はアルヴィンを押し除《の》けて集まってきた。

正直ドキドキしすぎて辛かったため、子ども達が来てくれて助かった。

アルヴィンはさっきので満足したのか、ずっと微笑んでいる。

ああ、これからはいつも子どもの隣にいた方がいいかもしれない。

アルヴィンと二人にされたら、心臓がいくつあっても足りない気がした。

「きょきょ……今日もマヨネーズを作るから準備をお願いね」

「はーい！」

私は赤くなった頬を必死に冷ます。

しばらくしたら材料を持って主婦達が戻ってくるだろう。

それまではゆっくりして待つつもりだったが、気づくとポッポが私の服を引っ張っていた。

その後ろには鶏もいる。

あれから鶏の面倒をポッポが見ているので、一人と一匹はセットのような扱いだ。

「にわとりしゃん、ないぽっ」

「んー、何がないのかな？」

「なまえがないぽっ」

そういえば鶏の名前を付けていなかった。

頭の中で鶏と呼んでいたため、名前が勝手に鶏になっていた。

「じゃあ、みんなで決めようか！」


急遽、鶏の名前をみんなでつけることになった。

「オレはマヨがいい！」

「そこはタマゴンだろ」

「キキはタマゴ・セイゾウヤがいい」

各々の気になる名前を出していくが、みんなマヨネーズか卵に関連した名前ばかりだ。

「俺はチキンがいい」

「ポッポはポッポポがいいぽっ」

みんなの意見がバラバラで、一向に決まる様子がない。

鶏もさっきから『クウェエエエエ！』と叫んで拒否してばかりだ。

「ママ先生は何がいいの？」

「私？　んー、ヤキトリとかどうかな？」

『クウェエエエエエエエエエ！』

どうやらヤキトリはダメらしい。

さっきよりも大きな声で鳴いていた。

私の中では結構可愛い名前だと思ったのに、受け入れてもらえないようだ。

名前をヤキトリにしたら、鶏を見るたびにお酒が飲みたくなるだろう。

仕事終わりに焼き鳥とお酒って最高の組み合わせだった。

最近は一滴もお酒を飲んでいないな……

「中々決まらないな」

「何がいいんでしょうね」

結局二周目になっても中々いい名前が出てこず、最終的には私に判断が委《ゆだ》ねられることになった。

鶏は警戒したような目つきで私を見てくる。

そんなに心配しなくても、私にはもう一つのいい名前の候補が残っている。

「テバサキはどうかな？」

「てばしゃき？」

布団か手羽先のどっちにするか迷ったが、鶏なら鶏らしい名前の方がいいと思った。

「ヤキトリよりはいいな」

「さすがにヤキトリは可哀想ですしね」

「ママ先生がせっかく考えてくれたもんね」

騎士二人と子ども達にはどこか呆れられたように感じたが、あとは鶏の反応次第だろう。

『クッ……ウェ』

どうやら鶏も気に入ってくれたようだ。

「てばしゃき、よろちくぽっ！」

『クッ……クウェ……』

可愛い妹ができてポッポも嬉しいのだろう。

一緒にいるところを見ると、本当に兄妹のように感じる。

今日の朝もいくつか卵を産んでくれたため、孤児院の食生活は今後も変わっていくはずだ。

それにしてもさっきからテバサキが全然目を合わせてくれないのはなんでだろう。


「マミさん持ってきたわよ」

今日も卵とレモンを持ってきた主婦が集まってきた。

あれからマヨネーズはすぐに主婦達の間で広まったらしい。

男女関係なく好評でマヨラーがどんどん増えてきた。

「そろそろ私達にも作り方を教えてもらえないかしら」

「作り方自体は簡単なんですが、ちゃんと管理しないと食中毒になるかもしれないです」

「毒!?　私達は毒を食べているのかい？」

いや、マヨネーズ自体に害はない。

ただ、ヘルシーには作ってあるが、食べすぎるとカロリーの過剰摂取になる。

平民にデスクワークをする人はほとんどいないため、ある程度の運動量は確保できているものの、太らないわけではない。

ただの肥満で済めばいいが、生活習慣病のリスクが急上昇するため気をつけないといけない。

それに一番の問題は食中毒だ。

「いいえ。ただ、材料の卵にはサルモネラ菌がついている可能性が高いので、少しでも管理ができていないと吐き気や下痢に襲われるんです」

「それってキキ達がなっていたやつ？」

「んー、その可能性もあるね」

子ども達に初めて会った時も、似たような症状で苦しんでいた。

とはいえ、何が原因なのかは結局特定できなかったのだ。

異世界特有の病気かもしれないしね。

「それは洗ったらどうにかならないのかしら？」

「基本的には熱するしか対策がないです。一度作ってみたらわかります」

私は鍋にお湯を沸かしてゆで卵を作る。

「時間によっても変わりますが、基本的にはゆで卵のようにしっかり火を通した方がいいんです」

熱に弱い菌のため、熱することが大事だ。

主婦達によると、そもそも平民の間ではあまり卵を食べる習慣がないため、ゆで卵すら作ったことがないらしい。

「これはこれで美味しいわね」

「マヨネーズは卵からできてますが、ゆで卵につけても美味しいんですよ」

ゆで卵で作る卵サンドが昔から好きで、よく朝ごはんに食べていたのを思い出した。

主婦達も想像して微笑んでいた。

我が家にはテバサキがいるため、卵を買いに行かなくてもいつでも作れるし、またピクニックに行く時に、卵サンドを作ってみるのもいいかもしれない。

「ゆで卵からマヨネーズを作ってみますね」

「ここはハム達の出番だね」

子ども達に交代してもらいつつ、ゆで卵をかき混ぜながらオイーブオイルを加えていく。

「先生、全然マヨネーズにならないよ」

「確かに見た目がドロドロしているわね」

できたのはマヨネーズというよりは、卵サラダとタルタルソースに近いようなものだ。

マヨネーズのような滑らかさは全くない。

「味見してみますか？」

スプーンでみんなに味見をしてもらうと、首を傾げていた。

「まずいわけではないけど、美味しくもないわね」

「そうなんです。だからマヨネーズって思ったより手がかかるんですよね」

「アルにいがいないと作れないもんね」

「ええ、そうね」

私の言葉に主婦の隣にいたアルヴィンはニヤニヤとしていた。

なぜそちら側にいるのか。視界に入れないようにしていたのに、自然と目に入ってしまう。

「ハムくんナイスだよ」

「今度美味しい野菜持ってくるわね」

どうやらハムは主婦達に餌付けされているようだ。

本当に食いしん坊だから、みんなに可愛がってもらっているのだろう。

『クウエエエエエ！』

そんなことを思っていたら、外からテバサキの鳴き声が聞こえてきた。

どこか苦しんでいるような気がする。

「しぇんしぇい、きてほしいぽっ！」

遠くからポッポが私を呼んだ。

急いで外に向かうと、そこには牧場もどきの経営者であるおじさんがいて、テバサキの体を掴んでいた。

「何をしているんですか！　その手を離してください！」

急いでテバサキのもとへ向かい男性の手を弾く。

「怪我はしていない？」

『クウェ！』

どうやらテバサキは無事のようだ。

男性に対して威嚇《いかく》をしているのか羽を大きく広げて、ヘンテコな踊りをしていた。

ただ、その姿が可愛いため何も言う気にはなれない。

「こいつが勝手に襲って――」

「てばしゃきは何もしてないぽ！」

「そもそもお前らが俺の鶏を盗んだからだ！」

結果的には牧場から連れ出す形にはなったが、そもそも処分してくれと言ったのはそっちだ。

その先どうしようが私達の勝手だろう。

「私達が盗んだという証拠があって言っているのか？」

ちびっこ達と遊んでいたレナードも様子を見に来た。

「うっ……」

貴族に平民が逆らったらまずいと誰もが知っている。

おじさんはレナードを貴族だと思っているから、何も言えないのだろう。

「俺は悪くないからな」

そう言って男はその場から去っていった。

あの人は何をしに孤児院まで来たのだろうか。

それだけが疑問である。

「もうあそこで卵を買うのをやめるわ」

「前から野蛮《やばん》な人だとは思っていたけど、実際に見たら距離を置きたくなるわね」

眉をひそめる主婦達に、私はそうですねと頷く。

「とりあえず中に戻りましょうか。テバサキもしばらくは気をつけてね」

『クウェ！』

心配しないでくれと言っているのだろう。

羽をパタパタとしていたら、卵がポロンと落ちてきた。

驚いて産卵したのかな？

いや、きっとテバサキからのお礼なんだろう。

鶏って一日に一個しか卵を産まないと思っていたが、テバサキは何個もどこからか卵を出してくる。

きっと魔物だから、私が想像もできない生態をしているのだろう。

今日はなるべく外で遊ばないようにみんなに声をかけて、孤児院の中で過ごすことにした。

「そういえばそろそろ魔物が出てくるわね」

「うちの夫も毎日ため息ばかり吐いているわよ」

マヨネーズを作りながらする会話は、主に最近のニュースについてだ。

「毎年学園の生徒達も加わるから、冒険者はピリつくのよ」

「学園の生徒ですか？」

「ああ、マミ先生は知らないですよね。学園に通う生徒は経験のために校外学習として魔物討伐に参加するんですよ」

「それがちょうどこの時期なんです」

どうやら学園では魔物が溢れるこの時期を狙って、魔物討伐の経験を積むらしい。

騎士学園時代、アルヴィンとレナードもお互いにどっちが多く倒せるか争っていたと、懐かしそうに話していた。

「生徒達と冒険者とがあまり関わらないようにしていても、貴族のご子息やご令嬢と揉め事にならないかと夫はヒヤヒヤするらしいわ」

「魔物を倒して楽しんでいるやつが多いからな」

アルヴィンによると、冒険者が魔物を倒しているタイミングで、学園の生徒達が気にせず魔法を放ってくることもあるらしい。

「貴族と関わるのって大変なんですね」

「俺はもう貴族じゃないから安心してくれ」

アルヴィンは熱い視線で私を見つめてくる。

「話してないで手を動かしてくださいね」

私は誤魔化すようにマヨネーズを作ることだけに集中することにした。

「ふふふ、アルヴィンさんその調子ですよ」

小さな声で、主婦達は楽しそうにアルヴィンとの会話を楽しんでいた。

第六章　ママ聖女、久々の緊急依頼

「先生、冒険者が呼んでるよー！」

食事の支度をしていると、ちびっこ達に勢いよく引っ張られる。

今日は主婦達と集まってはいるが、冒険者が訪問してくる予定なんてないはずだ。

こんなことは今までなかったため、私は急いで玄関に向かう。

すると、そこには汗をかいて焦っている冒険者がいた。

「どうしましたか？」

「仲間が魔物に襲われた！　緊急依頼だ！」

その言葉に私は気持ちを切り替える。

ギルドからは何かあった時に緊急依頼をすると言われていたけど、とうとうその日が来たんだ。

「ハム、リリはできるところまでご飯の準備をお願いね！　レナードさんは二人の手助けをお願いします」

「わかりました！」

私も初めてのことで、どう指示をすればいいか迷ってしまう。

「ママ先生、オレ達がいるから大丈夫だよ！」

クロに手を掴まれて、少しホッとした。

やっぱりこういう時に頼りになるのは子ども達だ。

「キキとトトでちびっこの面倒を見ているね！」

「オイラに任せておいて！」

キキとトトは胸に手を当てて敬礼をする。

「リリはハムが盗み食いしないか見張ってる！」

「ハムはそんなことしないもん！」

台所からチラッとハムとリリも顔を出す。

「ポッポはテバサキといるね？」

次々と子ども達が集まって自分達のやれることをやっていく。

いつのまにか子ども達も凛々《りり》しく大きくなっているんだね。

「オレは護衛をするね」

「ああ、マミ先生を守るのは俺達騎士の役目だからな」

一方、アルヴィンとクロは見えない対抗心を燃やしているらしく、バチバチしていた。

相変わらず仲がいいのか悪いのかわからないね。

「魔物に襲われた人の状態は？」

「骨が出ていたり、腹を噛まれて大量に血が出たりしてるやつもいる。鎧を着ていたから、ある程度は防げていたと思うけど」

「わかったわ！　大きな布と副《そ》え木《ぎ》を用意するように伝えて！」

「マミさん、私達も準備して向かうわ！」

手伝いに来てくれていた主婦達も総出で冒険者ギルドに向かうことになった。


冒険者ギルドに入ると、血のにおいが部屋中に漂っていた。

そこら中に痛みで苦しむ患者が横たわっている。

血だらけの鎧にぐったりとした男達。

私は彼らに近づき仕事を始める。

「アルヴィンさん、血液を水属性魔法で流してください」

「ああ」

アルヴィンは言われた通りに血を流していく。

「ママ先生、お酒を渡されたけど？」

クロは治療現場を見たことがなかったね。

以前、骨折を治してあげた冒険者達が、アルコール濃度の高いお酒を治療のためにいくつも用意してくれていたようだ。

まだ開封されていないところを見ると、この時のためにとっておいてくれたのだろう。

私は気合を入れ直して治療に当たっていく。

この世界に来る前に身につけた看護師としての医療知識と技術だけが頼りだ。

回復属性魔法でどこまでできるかわからないからね。

「鎧を脱がし――」

「それは俺がやる」

アルヴィンが冒険者達の鎧を外していく。

本当にあれからアルヴィンも変わったね。

「出血量は多いけど、命に別状はないですね。回復属性魔法をかけて止血するので、造血作用のある肉や豆類をたくさん食べるようにしてくださいね」

冒険者に治療方法を伝えると小さく頷く。

まだ意識もしっかりしているから、問題はなさそうだ。

流れ出る血が止まるように、血小板に意識を向ける。

血液の中を流れる血小板に対して魔法をかけると、血小板は活性化する。

「ああ、やはりあなたは聖女様なんですね」

「いえ、私は聖女じゃ――」

目の前に倒れていた男性が感激して私の手を掴もうとするが、近くにいるクロに手を弾かれていた。

「汚い手でオレ達のママ先生に触るな！」

容赦なく叩くその姿に私は慌ててクロを止めた。

「クロ！　怪我人には優しくしないといけないよ」

黒い犬のような耳と尻尾がついたクロは項垂《うなだ》れる。

誰が見ても明らかに落ち込んでいるとわかるほどだ。

「オレは悪くないもん！　こいつらはそんな弱い男じゃないし、どうせママ先生に会うために、わざとサラマンダーに噛まれたんだ！」

クロは冒険者達を指さしていた。

自然と笑っていた顔が引き攣《つ》ってしまう。

サラマンダーといえば、地球にいるオオトカゲやワニに似た魔物だった気がする。爬虫類《はちゅうるい》は虫の次に苦手だ。

「それにママ先生がいつもしっかりと手を洗いなさいって言うから……」

手洗いが重要だって子ども達にはずっと教えているからね。

きっと彼は私の言う通りにしたのだろう。

冒険者の手は血で汚れてしまっているもんね。

クロの必死で可愛い姿に、つい頬も緩んでしまう。

「私のために言ってくれたのね。ありがとう！」

クロを褒めると、さっきまで垂れ下がっていた尻尾をぶんぶんと大きく振っている。

出血した腹部の傷は回復属性魔法で塞がり、大きな傷跡になっていた。

「マミさん、たくさん木を持ってきたわよ！」

「ありがとうございます」

「ポーションも買ってきました！」

次々と準備が進んでいく。

私だけの魔力では足りないかもしれない。

それを見込んでポーションもたくさん用意してもらった。

「腕を治していきますね」

「ああ」

続いて近くにいる冒険者の治療にあたる。

以前であれば骨折などしたら泣き叫ぶ男達ばかりだったのに、今回はみんな静かに落ち着いている。

「痛くないんですか？」

「すげー痛い」

少し不思議に思って聞いてみたら、やはり痛いのは変わらないようだ。

冷や汗も出ているところを見ると、頑張って耐えているのだろう。

「でも聖女……いや、俺の女神様が治してくれると信じている」

また私を聖女と呼ぶ声が聞こえてきた。

最後には女神様だ。

「いやいや、お前は一回治してもらってるからだろ！　骨折慣れしてるんだ」

「おいおい、それを言うなよ！　俺が鈍臭いやつに思われるだろ！」

「あっ、以前私が治療していたんですね？」

どうやら私の治療を受けるのは二回目らしい。

冒険者って大変な仕事なんだね。

副え木で固定して、回復属性魔法とポーションを使って次々と治療をしていく。

「ママ先生って本当に女神様みたい」

「気づいていないのは彼女だけだがな」

アルヴィン達の声がしたような気がするけど、私は治療に集中するあまり内容を聞きもらした。

「ふぅ、これで終わりかな？」

私は大きく息を吐いて全員の治療を終える。

今回も命に関わるような重傷者はおらず、幸い骨折や腹部損傷ぐらいだ。

「さすが女神様だ！」

「よっ、女神様！」

内臓が損傷していたら、今頃こんなふうに笑っていられないしね。

「俺と結婚してくれ！」

「ママ先生はオレのだ！」

「いや、俺のだ！」

冒険者の視線を遮《さえぎ》るように、クロとアルヴィンが間に入る。

みんなからかっているだけだろうし、そんなことで競わないでほしい。

「二人とも、みんな怪我人だから優しくね」

「オレはママ先生の騎士だもん！」

「俺は元々優しい」

そんな二人を見て冒険者ギルド内は笑いに包まれていた。

この間、その話を聞いたばかりだったが、こんなに早く怪我人が出てくるとは思わなかったからだ。

治療が終わった後、私は冒険者ギルドのギルドマスターに魔物の動きについて聞いていた。

「魔物の行動は活発ですか？」

「ああ、今回現れたサラマンダーは魔物の中でも強い方だ」

魔物のことは以前アルヴィンから聞いていた。

そこでもサラマンダーは珍しい魔物だと言われた気がする。

「よく無事で帰ってこられましたね」

「いや、普通ならもっと尻込みをして被害が多くなっていただろう」

「今回は運がよかったんですか？」

「いや、完全に聖女さんの存在が関係しているな」

「私ですか？」

少し考えてみるが、どう考えても私が関係しているようには思えなかった。

私のおかげで彼らが強くなるわけではないしね。

そんな私を見てギルドマスターもクスクスと笑っている。

「それこそ今までは命懸けで戦うことを躊躇《ちゅうちょ》するやつもいた。一回でも怪我をしたらそれが致命傷になっていたからな」

「あー、前の様子だとそうですね」

骨折したぐらいで死ぬと言っていたからね。

まぁ、私は医療従事者だったからこそ、あの時はこれぐらいで死にはしないと思って落ち着いていられたのもある。

普通の人なら骨折しただけでも、あまりの痛みに死ぬって思うのも間違いではない。

「だからいつも死が近くにあるように感じていた。だが、魔法による治療で必ず回復するとわかったから、思い切り戦えたってことだな」

きっと死にたくないという感情が魔物との戦いでは邪魔になるのだろう。

それが私の存在で変わった。

ただ、それはそれでよくない気がする。

〝治してもらえるからいい〟。

その考えで致命傷を負って亡くなっていたら、私の力では生き返らせることはできない。

私の回復属性魔法はただただ治癒力を高める程度に過ぎない。

振り返ると、クロやアルヴィンと冒険者は何か言い合いをしていた。

笑顔で話していても、また魔物達が襲ってきた時にはどうなるかわからない。

結局私にできることは限られている。

だから、今のうちにできることはやっておかないといけない。

私だって彼らを守れるものなら守りたいからね。

立ち上がって彼らに近づいていくと、視線が集まってくる。

「そんなにはしゃぐと傷口が開きますよ？　それに患者に優しくできない人はご飯抜きですよ」

「えっ……」

その場にいた人達が一斉に困ったような声を出した。

「大体、私の治療は完璧じゃありません。なんでも治せると思って、無謀な戦いはしないでくださいね！」

そう言うと、冒険者達はなぜか私を食い入るように見つめた。

「とりあえず私は帰りますからね！」

ずっと見られ続けて少し恥ずかしくなった私は、すぐに孤児院に帰ることにした。

「オレも帰る！」

「俺も飯を食べたいからな」

クロとアルヴィンは急いで追いかけてきた。

「やっぱり聖女様は可愛いよなー」

「保護欲をそそるというのか、なんか守りたくなるよな」

「それなのに本人は強気だしな」

「俺達を心配しつつ、ツンツンしてるのもいい」

私が帰ったあとは、しばらく冒険者ギルド内は私の話で盛り上がっていたらしい。

◇

学園の外廊下で、私達は今日も隠れてひっそりと見つからないように話をしている。

この間のことがきっかけで彼女——フェリシアとは仲よくなった。

しかし昨日、王子達に聖女である私が彼女といるところを見られ、彼女は責められた。

普通に仲よく話したいだけなのに、〝地位〟という煩《わずら》わしいものに邪魔される。

地位が低い人と話したら私が穢《けが》れるって、どういう生き方をしたらそんな考えになるのだろうか。

だから迷惑をかけないように、コソコソとしか彼女とは会えないのが現状だ。

友達も管理されるようになり、私の中で生きる気力もだんだんとなくなってきた。

何のために私は存在しているのだろうか。

そんなことを思っては、故郷のことを夢に見て、すぐに現実に引き戻される。

でも、フェリシアはこの世界で唯一私を人間に戻してくれる。

私にとってとても大事な存在だ。

「聖愛さんは怖くないんですか？」

「魔物と戦ったことはないけど、魔法は人並み以上に使えるから大丈夫かな」

今度、初めての校外学習で魔物の討伐をすることになった。

彼女は怖がっているようだが、私は大して心配していない。

魔法の才能だけなら私はこの学園の先生よりも強いからだ。

聖女だから魔力や魔法のコントロールに長《た》けているらしい。

だから魔物に対してそこまでの怖さは感じないのだろう。

勉強ができなかった彼女はしきりに自信がないと言っていたが、それでもしっかり教えると、吸収力がいいのかすぐに成果が出てきた。

きっと今度の校外学習でも大丈夫だと私は思っている。

このままいけば同じクラスになる可能性もあるだろう。

できれば今後も一緒にいられたらいいな。

「聖愛さんは強いですね。私は今でも故郷に帰りたいです」

「私も元の世界に帰りたいですよ」

お互いに帰りたいのに帰ることができない。

フェリシアもある貴族に引き取られてから、逃げられない運命に縛られている。そういう境遇がお互いに惹かれ合う理由でもあるんだろう。

「そういえば、この間お母さんからの手紙でマヨネーズって調味料が流行っているって――」

「マヨネーズって、あのマヨネーズ!?」

久々に聞いた名前につい興奮して、彼女の肩を強く握ってしまった。

ここの世界の食事はあまり美味しいとはいえない。

まずいとは言わないが、学校の帰り道にみんなでファストフードを食べていた私にとっては味がとにかく薄く感じた。和食のような出汁が利いているならわかるが、本当に味が薄いのだ。

だから、元の世界の調味料なら、ぜひ使いたい。

最近流行っているということは、きっとあの看護師さんがマヨネーズを作っているのだろう。

魔物討伐に行く際には、学園から出て街を歩くことを許されている。

その時、少しでも会える時間があればいいな。

「ただ、少し獣臭いという噂も……」

その言葉を聞いて、頭の上にクエスチョンマークがたくさん浮かんだ。

マヨネーズと獣臭いがイコールになることってないよね？

日本にいた時もそんな話は聞いたことがない気がする。

気になるけれど、まだまだ食べるのはだいぶ後になるだろう。

「聖愛ー！　どこにいるんだー」

また王子が私を呼んでいる。

あまりにも離れると不機嫌になるから、今すぐに出ていかないと……

頭ではわかっていても体がうまく動かない。あそこにいる時は、自分を偽らないとダメだもんね。

「街に行ったら、少し隠れて遊びませんか？」

「えっ？」

「私が聖愛さんを案内しますよ」

突然の提案に嬉しくなって、自然と笑顔が溢れてくる。

「絶対約束よ」

フェリシアは私とゆびきりをしてその場から立ち去った。

この約束がしばらく私を頑張らせてくれるだろう。

校外学習が楽しみになってきた。

「ははは、中々聖愛が帰ってこないから心配したよ」

フェリシアが去ってからやってきた王子に、私は何か言うわけでもなく、彼の顔を見てにっこりと微笑む。

「そんなに笑顔で、よほど俺に会いたかったのか？」

私は、今日も生きるために仮面を被って偽ることしかできない、惨《みじ》めな女子高生だ。

第七章　ママ聖女、感染症と戦う

「マミさん、最近のマヨネーズって前より味が落ちたのかしら？」

商店街で買い物をしていると、突然店の女性に声をかけられた。

孤児院で食べているものは普段と変わりなく、子ども達は我先にと食べている。

「いやね、この間隣の家の人から渡されたマヨネーズの味がいつもと違っていてびっくりしたのよ」

なるべくその日に作って渡すようにしていたが、時間が経って腐ったのだろうか。

そうだとすれば、渡す時にもっときちんと注意を……いや、もう作ったものを渡すのをやめるべきかもしれない。

「どこか獣臭いというか、オイーブオイルの匂いが全くしないのよ。私の鼻がおかしくなったのかしら」

私が作っているマヨネーズはオイーブオイルをたっぷり使っているため、オイーブの匂いがする。

それに獣臭いなどと一度も感じたことがない。

腐ったら獣臭くなるのかな？

「そのマヨネーズって、今ありますか？」

「一口食べて体に悪いと思って捨てちゃったのよ。他の人にも渡していたと思うから、声をかけてみるわね」

何も起きていなければいいが、話を聞いた時から嫌な胸騒ぎが止まらない。

よく考えてみると、私が作ったものが腐った可能性より、誰かが衛生面を気にせずに作って配っている可能性の方が高い気がする。

食べたことがある人ならそんな粗悪品を食べないが、知らない人が流行り物だとして食べていたら嫌な未来しか見えない。

荷物を抱えて孤児院に帰ると、なぜか入り口が騒がしくなっていた。

「先生はどこにいるのよ！　早く出しなさいよ」

「今買い物に出ておりまして……」

「あの人の作ったマヨネーズを食べて子どもが死にそうなのよ！　早く悪魔を出しなさい！」

レナードが女性に掴みかかられている。

何か起きたのかと思い、私は急いで彼女らに近寄った。

「みなさん、どうした――」

「この悪魔！　早くここから出ていきなさいよ！」

突然の暴言に、私の頭は追いつかない。

悪魔……？

それは私のことを言っているのかな。

「悪魔だと……」

怒るレナードを手で制止し、私は女性に話しかける。

「何かありましたか？」

女性はレナードを離し、今度は私に掴みかかった。

眉間にしわが刻まれ、瞳には激しい怒りが宿っている。

「あなたが作ったマヨネーズを食べて、みんな呪いにかかったのよ！　悪魔と言って何が悪いのよ！」

嫌な予感が本当に的中してしまった。

今まで孤児院の中でマヨネーズを食べて体調を崩した子はいない。

元気な獣人だから大丈夫なのかと思ったが、今まで配った人やその家族でも症状が出たことがある人はいなかった。

「そのマヨネーズは獣臭かったですか？」

「そうよ！　みんなが最近美味しいって話していたから買ったのに」

どうやら知らないところでマヨネーズが売られているらしい。

「それは私が作ったものではないです」

「あなた、言い逃れる気なのね！　呪いをどうにかしてよ！　私達の平和な日々を返してよ……」

女性はその場で泣き崩れてしまった。

みんな死んでしまう、と叫ぶ女性の肩を掴み、私はこう言った。

「呪いはどうにかなるから大丈夫です。あと、今すぐにみんなにそのマヨネーズを食べないように伝えてください」

「えっ……」

きっとここを乗り越えられるのは私しかいないだろう。

原因がわかっているならその対処をするだけだ。

「クロ、今すぐに大きな部屋を準備して！」

「わかったよ！」

「アルヴィンさんはハムと一緒に経口補水液……ジュースを作って」

「わかりました」

「キキは？」

「オイラは？」

「しぇんしぇい、何すればいいの？」

子ども達が集まってきて各々が行動を始める。

「マヨネーズを食べて体調を悪くした人達を集めて！」

子ども達は理解したのか胸に手を当てて敬礼する。

「レナードさんは子ども達についていってください」

「みんな行きますよ！」

「はーい！」

指示を出し終わり、治療の準備を始めようとした瞬間、外から大きな鐘の音が鳴り響いた。

――カーン！

聞いたことのない音に、私や子ども達は驚いた。

ちびっこ達は音に敏感なためか、大きな耳を塞ぎ、周りをキョロキョロ見ては、私の方に集まってきた。

もふもふに囲まれて幸せな気持ちになるが、今はそれどころではない。

「この鐘の音ってなんですか？」

近くにいたレナードに尋ねる。

「これは魔物の侵略が始まったことを知らせる鐘です」

街全体に知らせて戦う準備をする段階なんだろう。

「こんな時に魔物の襲撃か！」

アルヴィンの言葉が胸に突き刺さる。

マヨネーズによる被害と魔物の襲撃が同じタイミングで起こってしまった。

街の方からも声が聞こえてくる。

「マミさん、何か手伝うことはないかしら！」

孤児院が心配になって、いつも手伝ってくれる主婦達がチラホラと集まってきた。

それと同時に冒険者も数人孤児院に来てくれたようだ。

怪我をしている人達ですら、自分達のやることを探して動いている。

「アルヴィンとレナードは俺達と一緒に来てくれないか」

冒険者の提案に、レナードは渋い顔をした。

「なぜですか？　私達は孤児院を守るようにと騎士団から命令されています。勝手に動くことはできないのですが……」

確かに孤児院を守るためにいるアルヴィンと、騎士団から命令を受けてここにいるレナードは、わざわざ魔物の討伐に向かう必要はない。

それに怪我をしていない冒険者も数多くいたはず。

「何か理由があるんですか？」

私が訊ねると、冒険者は頷いた。

「ああ、冒険者の半数が変な呪いで動ける状態じゃないんだ」

それを聞いて、咄嗟に泣き崩れていた女性を見ると、彼女も頷いていた。

「私の夫も冒険者です」

どうやら冒険者達の中でも私に関わりがある人は無事だが、そうでない人は偽のマヨネーズを食べて体調を崩しているようだ。

結果、魔物が迫ってきているのに討伐に行けなくなっているらしい。

粗悪品のマヨネーズがそこまで影響を及ぼすとは……

「俺はこの孤児院のための騎士だ。この状況で離れるわけにはいかない」

「私も同意見です」

アルヴィンとレナードは難しい顔をして冒険者の頼みを拒んだ。

「それでも今は戦力が足りないんだ」

食い下がる冒険者に、アルヴィンが反論する。

「それなら学園の生徒もいるし、騎士に申請をすればいい」

学園の生徒ってこの間言っていた、校外学習ってやつだよね？

騎士達がいるなら少し安心はできるけど、まだ学生なのに。

絶対そんなことは任せられない。

「だから俺はここから動かないって言ってるだろ！」

「じゃあ、みんなを殺すつもりか！」

騎士である二人と冒険者はずっと揉み合っている。

「クロ、ちょっとおいで」

私は近くにいたクロを小さな声で呼び寄せた。

耳がいいクロなら二人に気づかないように説明することができるはずだ。

「ママ先生、どうしたの？」

「クロは私を守る騎士だよね？」

「今頃どうしたの？　もちろんだよ。オレは死ぬ時までずっとママ先生の隣にいるよ」

今はそんな時ではないが、不意の宣言に思わずギュッとクロを抱きしめる。

我が子は本当に可愛いわ。

「ニヒヒ！」

クロは満面の笑みで私を見ていた。

クロのおかげで私も戦う勇気をもらえた。

きっと子ども達がいれば、ここは乗り切れるだろう。

だから騎士がいなくても大丈夫。

私にはこんなに小さな騎士がたくさんいるんだからね。

「ありがとう。じゃあ、ここには私を守ってくれる人がいっぱいいるから大丈夫って二人に伝えてきて」

クロは静かに胸の前で拳をつくる。

私の言ったことが理解できたのだろう。

クロは走ってアルヴィンとレナードのもとに駆け寄る。

「兄ちゃんとレナねえ！」

「ん？　どうしたんだ？」

「クロ、どうしたんです？」

クロが来たことに気づき、アルヴィンとレナードはしゃがむ。

「ママ先生がね。クロがいれば二人はいらないから行っておいでだって！」

「なっ⁉」

「へっ⁉」

クロの言葉を聞いて二人は一斉に私の方を見た。

いや、ついつい私も見返しちゃったよ。

伝えたいことは大体合っているけど、あの二人の表情を見ると誤解しているような気がする。

私はみんなが協力して守ってくれるだろうから大丈夫だと思っただけだ。

ここには怪我をしていても、少しは戦える冒険者もいるからね。

しかし、クロの伝え方はまずい。

アルヴィンとレナードは驚きと不安が混ざったようなものすごい顔をしている。

「それにオレが一番頼りになるって！　二人ともかっこいい姿を見せないとママ先生をオレに取られちゃうね」

その後もクロの攻撃は止まらない。

二人は勢いよく私のもとへ駆け寄ってきた。

「マミさんどういうことだ！」

「マミ先生、私が一番ではないんですか！」

すぐに説明をしようと思ったが、二人は私の目の前で片膝を立ててひざまずく。

手を片方ずつ取られると、手の甲にそっと口付けをされた。

もう色々なことが起きすぎて、頭が追いつかないわ。

「騎士アルヴィンは魔物を一体残らず駆逐してきます」

「騎士レナードは誰よりも多くの魔物を倒してきます」

「あっ、はい」

急な行動に私もどうすればいいのかわからない。

ただ、返事をするのは間違ってはいないはず。

「それでは後日褒美《ほうび》をもらうぞ」

「私の分のことも考えてくださいね」

二人はニヤリと笑って立ち上がった。

「えっ？」

そのまま二人は孤児院に置いてある鎧を装備して、冒険者とともに魔物の討伐に向かった。

褒美って何をあげればいいのだろうか。

何だかさっきとは違う胸騒ぎを感じるのは私だけかな？

もういいや。今は私のやることをするだけだ。

——パチン！

頬を叩いて気合いを入れ直す。

「みなさんは体調が悪くなった人が動けるかどうかを確認してください。動けそうなら孤児院に、無理そうなら自宅を教えてください」

まずは重症度を分けることが大事だ。

「わかりました」

「そしてマヨネーズは全て破棄するように促してください。今回の呪いの原因はマヨネーズです」

私の言葉に、子ども達は寂しそうな顔をしていた。

みんなマヨネーズが好きだもんね。

「きっとすぐに好きなマヨネーズと違うってわかるから、みんなの鼻が頼りなのよ」

「スンスン！」

ちびっこ達は鼻を動かしてお互いのにおいを嗅いでいた。

獣人は鼻がいいから頼りになるね。

その中でもキキは素早く頭を働かせていた。

「これが前に言ってたサルモネラ菌のせいなら、みんなも感染する？」

「基本的には手洗いをしっかりして、あとは高濃度のお酒を振りかければいいわ」

「ジュースの準備、石鹸の準備、お酒の準備をするね」

年上組は各々担当のリーダーになって、ちびっこ達を得意なことで振り分けていく。

手先が器用な子、鼻が利く子。

獣人には様々な得意分野がある。

それを的確に配置しているキキの頭のよさに私も驚くばかりだ。

彼女の頭の中はどうなっているのだろうか。

いくら頭がいいからって、四歳ができることを超えている。

「本当にここの子ども達はすごいわね」

その姿に主婦達も驚きを隠せなかったようだ。

正直私だって、年上組が指示をしながら、きびきびとちびっこ達が動いている姿にびっくりしている。

いくら人間より成長が早い獣人だとしても、こんなに考えて動けるものだろうか。

きっと将来は世界を変える子になるだろう。

親バカだと言われてもそれは譲れない気がした。

「私達は今すぐ物の準備をして、人を呼びに行ってきますね」

「お願いします」

主婦も子ども達に負けじと準備を始める。

私一人ではこの危機は乗り越えられなかっただろう。

日頃から交流しておいてよかったと改めて思った。

「あなたは子どもと旦那さんをここに連れてきてください。もし、便や嘔吐物《おうとぶつ》に触れたらすぐに手を洗ってくださいね」

小さく切った石鹸を先程まで泣いていた女性に渡して、家族を孤児院まで連れてくるように伝えた。

その間に私は簡易マスクと捨ててもいい服を準備した。

マスクと言っても、口を覆えるように、大きめの布を首と頭の後ろで結ぶだけだ。

しばらくするとゾロゾロと人が集まってきた。

真っ青な顔が体調の悪さを物語っているし、足取りは不規則で生気を奪われたかのように見えてしまう。

その姿はまるで映画に出てくるゾンビのようだ。

「マミさん連れてきました」

「部屋に誘導してきてください」

布が敷いてあるところに直接患者を寝かせていく。

「便や嘔吐物は裏庭で処分します」

「わかりました」

感染者は下痢や嘔吐で脱水状態になっているので、水分と電解質の補給のため、経口補水液を飲んでもらう。

ここでジュースが必要になるってことだ。

結局は対症療法しかできない。

重症なら抗生物質を使うが、ここは異世界だからそれもないのが現状だ。

ただし、今回は私の回復属性魔法も使って、治療効果を促進させる。

「ママ先生！」

「ん？　どうしたの？」

「オレがついているから大丈夫だよ！」

「オイラもいるよ！」

「キキも頑張って手伝うよ！」

クロやトト、キキの言葉に、私はふっと体から力が抜けるのを感じた。

私は今回の出来事で自責の念に駆られていた。

今回の件は私がマヨネーズを作ったことで招いた事件だ。

自分で作るのは危険があると伝えたが、みんなには伝わっていなかった。

必死に表情には出さないようにしていたが、子ども達には気づかれてしまったのだろう。

「みんながいてくれてよかったよ。すぐに治してまたみんなで遊ぼうね」

「うん！」

私達の戦いは今始まったばかりだ。

「すみません。症状を聞いてもいいですか？」

「気持ち悪いのと腹が痛くて……おぇ！」

私はすぐに桶を患者の口元に近づけて、横向きに体を傾ける。

嘔吐しているが、ほとんど胃の中身を出し切っているせいか胃液ばかりが流れていく。

気管に入って窒息や肺炎にならないようにしないと。

少し背中を優しく撫でてあげると、安心したのかその場で息が落ち着いてきた。

「マヨネーズを食べてから症状が出たということで間違いないですか？」

「ああ」

全員問診して状態を確かめていくと、ほとんどの人は嘔吐と下痢が主症状で、他には熱と腹痛がある程度だ。

誰も重篤《じゅうとく》な症状ではないことに、まずは一安心する。

「少し苦しいと思いますが、これを飲んでもらってもいいですか？」

「これは？」

「ジュースです。嘔吐と下痢で体から水分が抜けていくので、まずはしっかり脱水対策をしてください」

「よく飲んでいるやつか。そんなもので治るのか？」

ジュースを知っているってことは、きっとこの人は冒険者なんだろう。

冒険者は二日酔いの予防や薬として日頃からジュースを買い取って飲んでいる。

「あとは呪いを全て体から出せば、少しずつよくなっていきますよ」

菌が体にいる時に嘔吐や下痢を止めるのは悪影響になってしまう。

日本でも、よほどのことがない限りは下痢止め等を処方されることはない。

私は回復属性魔法で水分が吸収されやすいように、腸の働きを促してその場を離れていく。

あとは子ども達がジュースを飲ませれば問題はない。

「ああ、少し楽になった気がする」

「まずはしっかり治すことを考えてくださいね」

「ああ、俺達が街を守らないといけないのにすまないな」

少しでもよくなれば魔物討伐に向かいそうな勢いのため、言葉一つ一つを選んで声をかけないといけない。

今こんな状況で行ったら、命を無駄にするだけだろう。

「今回は騎士も参加しているらしいので大丈夫ですよ」

「ああ、そうか」

騎士団が加わったかは知らないが、アルヴィンとレナードが参加しているため、全てが嘘ではない。

言葉一つで安心できるのなら、多少の嘘も必要になってくる。

冒険者は安心したのか、再び眠りについた。

次の人を見る前に外に出ると、子ども達が一生懸命手を洗っていた。

私は隣で手を洗うクロに声をかける。

「お疲れ様。手が荒れそうだね」

手袋があればすぐに捨てて次に行けるが、そんなものはこの世界にはない。

それができない環境では何度も手を洗うことしかできないのだ。

それにアルコールを少し塗るため、少しずつ手も赤く染まっている。

「ママ先生が作った石鹸はツルツルになるから大丈夫だよ」

気を使わせないように優しい言葉を選んでいるのだろう。

こういう時こそみんなで支え合うのが大事になってくるのだと、改めて子ども達に大事なことを思い知らされる。

「あともう少しだから乗り越えようね」

「うん！」

　外からは魔法による爆発音や魔物の雄叫《おたけ》びのような声が聞こえてくる。

　今頃アルヴィンとレナードは必死に戦っているのだろうか。

　落ち込んではいられないね。

　私達もまだまだ頑張らないといけない。

　一通り患者に経口補水液を飲ませて、回復属性魔法をかけていくと、症状が治まって穏やかな顔になってきた。

　このまま無事にいけば問題は解決しそうだ。

「マミさん、犯人がわかりました！」

　そんな中で主婦達は、どこで偽のマヨネーズが売られているのかを突き止めていた。

「誰でしたか？」

「卵と牛乳を売っている、あの牧場のおじさんらしいです」

　その言葉を聞いて、私はその場に座り込む。

「マミさん!?」

　主婦達は駆け寄ってくる。

「……よかった」

私が作り方を教えた人達が原因じゃなくてよかった――

卑怯にもそんな考えがよぎって、ますます私の目からはポロポロと涙が出てくる。

「先生大丈夫！」

「しぇんしぇい泣かないで」

そんな私を慰《なぐさ》めるように子ども達は撫でてくれた。

卵と牛乳を売っているおじさんって、あの鞭を持った、暴力的な男だよね？

それにこの前、男は孤児院までやってきてテバサキを押さえつけていた。

襲ってきたからだと言い訳していたけど、ひょっとしたらテバサキは何かを感じたのかもしれない。

これからどうするか迷っていたら、想像もしていなかった人物が現れた。

「マミイモ、これってどういう状況だ？」

そこにいたのはバッカアだった。

この惨状を見て戸惑っているようだが、正直この状況で彼に構っている時間はない。

「すみません、今は忙しいので――」

「俺は何をしたらいいんだ？　その男を捕まえてくればいいのか？」

まさかの言葉に驚きを隠せない。

バッカアといえば基本的に私に迷惑をかけて、すぐに帰っていくいたずらっ子のイメージだ。

いい大人をいたずらっ子って言うのもどうかと思うが、その印象が強い。

それが、さっきの話を聞いて協力を申し出てくるなんて。

「どうしてですか？」

私はつい口をすべらせてしまった。

「ここで俺がかっこいいところを見せたら、お前がデートでもしてくれるかもしれないからな！」

少し照れた顔をしているが、本当に素直な人なんだろう。

まあ、バッカアと二人でデートするのは難しいけどね。

それでも今は頼らずにはいられない。

「それなら、頼れるバッカアさんにお願いします」

「ふん、頼られたらやらないわけにはいかないからな」

眼鏡をクイッと上げて嬉しそうに走っていく。

彼は、私が知的な人が好きと適当に答えてからかけ始めた眼鏡を今日もかけていた。

レンズをくり抜いたフレームだけの伊達《だて》眼鏡だ。

しかし、走っている途中で邪魔だと思ったのか、どこかに放り投げていた。

思わずその姿に笑ってしまう。

「彼も本当はいい人なのね」

「マミさんにはアルヴィンさんがいますよ」

ボソッと呟いた言葉は主婦達に聞こえていたようだ。

思わず恥ずかしくなって顔が赤くなる。

やっとこれで一段落すると思ったが、そうもいかなかった。

「マミさん、なんか貴族の人達がたくさん来てます！」

どうやら私の戦いはまだ終わらないようだ。

第八章　騎士、聖女を助ける

俺とレナードは孤児院を出て急いで馬に跨《またが》り、街の外へ飛び出した。

周囲にはすでに戦った形跡があり、魔物があちこちに倒れている。

普段この辺りに現れるのはゴブリンなど低ランクの魔物ばかりなのに、今はオークやサラマンダーなど高ランクの魔物もいた。

本当に今回は激しい戦いになりそうだ。

口を引き結ぶと、レナードが隣に並んで話しかけてきた。

「まさかアルヴィンがここまで積極的になるとはね」

「クロにあそこまで言われたら、男としてやらないわけにはいかないだろう」

クロの言葉に刺激されたが、俺としては好都合だった。

マミ先生に触れられて、褒美の約束まで取り付けられたのだ。

それに、ああいう機会でもないと中々大胆にはなれないからな。

いつも主婦達に呼び止められては、何をすればいいのか指導されてきたが、今回は俺の意思で動けた。

「俺はお前にも負ける気はないからな」

「そんなことを言っていられるのも今のうちだ」

そう言ってレナードは馬を走らせた。

確かに以前のレナードよりは自信に満ち溢れている。

それもマミ先生のおかげだろう。

「アイスバースト」

たくさんの魔物が襲ってきても、レナードは氷属性魔法で一瞬にして凍らせてしまう。

不遇な属性と言われていたことが嘘のように感じる。

学生の頃から魔法のコントロールは格別にうまかったのが、さらに上達しているな。

ずっと自分を変えるために訓練してきたのだろう。

魔法は剣と違って属性という生まれ持った才能に左右されるが、努力で補える部分があるのも確か。

それが魔力量と魔法のコントロールだ。

努力した人だけが魔法の使い方がうまくなる。

俺も負けじと魔法を放つ。

「ウォーターカッター」

空中から水が勢いよく噴射され、そのまま魔物の首を切り落とす。

強くなったのはレナードだけではない。

俺も魔法のコントロールがよりうまくなるように訓練をした。

それに、マミ先生から色々と教えてもらい勉強している。

「さすが私がライバルと認めた男」

「俺は認めたつもりはないけどな」

鼻で笑うと、レナードは嫌なやつを見るような目で見ていた。

相変わらずだな。

学生の時に校外学習へ行った時と全く同じ反応をしている。

「騎士ってあんなに強いのか？」

「いや、あんなに強いのは初めて見たぞ」

「俺らも負けられないな」

「ああ！」

冒険者達もそんな俺達に感化されたようで、順々に魔物に襲いかかった。

「うぉりゃあああ！」

魔法が使えなくても、武器を使う彼らは強い。

騎士とは違い剣の型などはないが、生きるために磨かれた技で確実に魔物を倒していく。

武器も様々なものがあるからな。

これが魔物相手に慣れたやつらの戦い方だろう。

「俺は森の中に入る」

「なら私は周囲の魔物の警戒に入る」

俺とレナードは二手に分かれて行動することにした。

基本的には森から魔物が王都に向かってくる。

しかし、そもそもなぜこの時期になると魔物が攻めてくるのかは不明なところが多い。

一般的には魔物も冬の準備のために食料を集めていると言われているが、本当にそのせいなのかもわからない。

他にも、穢れた地ができた時は魔物が活発になる。

魔力の塊のようなものが急に現れることがあるのだが、それが出現した土地を一般的には穢れた地と呼んでいる。

この穢れた地を浄化するために召喚されるのが聖女だ。

「それにしても魔物の数が多いな」

森に入った瞬間、魔物の数が急に増えた。

学生の頃、同じ時期に森に来たことがあるが、ここまで魔物が多いことはなかった。

冒険者でなくても、流石に異常だと感じるほどだ。

さらに奥に入っていくと、学生がうずくまって座っているのを見つけた。

きっと校外学習に来た生徒だろう。

「大丈夫か?」

「ああ、調子を崩していただけだ」

周囲には何かを吐いた跡があった。

ふと、ここに来る前のことを思い出す。

「ひょっとして、マヨネーズってやつを食べたか?」

「そうだ」

どうやら俺の読みは当たっていたらしい。

平民の間で流行っているはずのマヨネーズを貴族がなぜ食べたのかは疑問だが、今はそれどころではないだろう。

「俺はロジャーズ公爵家の者だ。これを飲んで、動けるようになったら孤児院に向かうといい」

家名を伝えると安心して生徒はジュースを飲んだ。

ロジャーズ公爵家はそれだけ貴族にとっては影響力がある家の名だからな。

マミ先生に言われてジュースを冒険者ギルドから自分のために持ってきたが、ここでも役に立つようだ。

少し落ち着いた生徒はゆっくりと立ち上がり森の外に向かった。

ここに来るまでに魔物を倒したし、森の外には冒険者もいるため、ある程度は安全だろう。

俺はさらに森の奥に馬を走らせた。


「いやぁー！」

森の奥から叫び声が聞こえてくる。

明らかに若い声だから、学園の生徒だろう。

「お前ら大丈夫――」

そこで見たあまりにも酷い状況に、俺は戸惑うしかなかった。

そこら中に人が倒れており、中央にいる女子生徒が必死に魔物を遠ざけて守っている。

大人も数人いるが、全員がぐったりとしている。

魔力が枯渇したのだろう。

「ウィンドカッター」

俺は魔力を多めに込めて、魔物達に一気に放つ。

その瞬間、見えない風の刃《やいば》が魔物を切り裂いた。

攻撃した魔物はそのまま力尽きて倒れたが、それでも全く数が減っていない。

普段は同じような種族で固まる魔物でも、今回は種族もバラバラだ。

剣で魔物を切り裂いて、まずは中央にいる生徒達のもとを目指す。

近づくと、女子生徒は魔物が近寄れないように、魔法で見えない壁のようなものを作り耐えていた。それと同時に風属性魔法で視界を確保しながら、魔物達を押し出していたのだろう。

中々の魔力量とコントロールだ。

「大丈夫か！」

俺の声に反応した彼女と目が合う。

やっと助けが来たことで少し安心したのだろう。

「もう少し魔物を遠ざけてくれ！」

「私の力ではこれが限界です！」

彼女も限界が近づいているのか、だんだんと壁の範囲が狭まっている。

「ウォーターウェーブ」

魔力を溜め終わった俺は、魔物を押し流すように魔法を唱えた。

その衝撃で周囲の魔物がいなくなった瞬間、俺は女子生徒に近づいていく。

「大丈夫か？」

「あっ、はい」

ふらっとした女子生徒を支えた時、どこかマミ先生と似ている雰囲気を感じた。

「おい、後ろ！」

「ウィンドカッター」

もちろん後ろから敵が来ているのは気づいていたので、魔法で敵を倒して振り向く。

それにしても今の声って……。

「第二騎士団のやつか。ご苦労だ」

そこにはこの国の次期国王である、エドワード殿下がいた。

ただ、殿下もお腹を押さえながらどこかぐったりとしている。

「一体何があったんですか？」

俺は二人にこれまでの経緯を尋ねた。

◇

校外学習の直前。

「王都の街って賑やかなんですね」

聖女である私は校外学習の準備の時間を使って下町に寄っていた。

まるで海外のような街並みに、旅行に来たような心地になる。

聖女召喚されてからは城か学園にしか行ったことがなかったため、とても新鮮な気持ちだ。

……王子がいなければもっと楽しかっただろう。

「聖愛は来たことがないから知らないだろうが、商店街は普段から賑やかなところが多いんだ」

少し鼻につく物言いだが、普段の商店街はもっと賑やかで騒がしいらしい。

説明されなくてもそれぐらいはわかることなのに、王子は得意げに説明する。

むしろ静かな商店街が存在するなら教えてほしい。

「商店街の方も、魔物の討伐準備に忙しいんですね」

「さすが、聖女様は聡明な方だ」

王子の側近達は私を煽《おだ》てるように声をかけてくる。

彼らを無視して、私はあの看護師さんがいないかと周りを見渡した。

「そういえば、聖愛が探していたマヨネーズっていう物を売っているところを見つけたぞ」

「えっ？」

あまりの嬉しさに王子の手を握ってしまった。

頼られて嬉しいのだろう、王子は子どものような笑みを浮かべていた。

「それは楽しみですね」

私もそのマヨネーズを作っているらしい看護師さんに会えるかもしれないと思うと、つい微笑んでしまう。

ただ、現実はそううまくはいかなかった。

「マヨネーズを作っているのは男性なんですか？」

「ああ、俺が発明した新しい調味料だ」

王子に連れられて歩いた先は、住宅街の奥にある小さな牧場だった。

異世界の牛と鶏の見た目には驚いたが、どの子も体がボロボロになっていて可哀想だ。

そんなに無理してまで作られたのかと思ったら、食べるのも気が引ける。

「聖愛はこれが食べたかったんだろ？」

「ええ、そうですね」

故郷の味が恋しくて食べたかったのは事実。

ただ、一番の目的は看護師さんに会うことだった。

彼女は今どんな生活をしているのだろうか。

どこで何をしているのかは王子達に聞いても教えてもらえない。

そもそも興味もないのか私が聞いたことさえ覚えていなさそうだ。

だからマヨネーズを手がかりに捜していた。

結局、情報があっても会うことすらできなかったけれど。

「今日は貴族様がたくさん買われていきますね」

「ああ、きっと最近話題になっているから気になっているのだろう」

「またご贔屓《ひいき》にお願いします」

少し気持ち悪い笑みを浮かべて男は王子に媚を売っていた。

どこか助けてほしそうな目で牛や鶏がこっちを見ていたが、私には飼うこともできないから目をつぶることしかできなかった。

そのまま校外学習の集合場所に向かうと、すでにたくさんの生徒がいた。

その中には親友であるフェリシアもいる。

しかし、私に気づいても手を振ったり笑ったりすることもなく、ただ頭を下げていた。

これが私と彼女との本来あるべき地位の違いなんだろう。

それだけ聖女はこの世界で優遇されている。

「このマヨネーズって変わったにおいがするけど、結構美味しい調味料なんだな」

生徒達は先生が来るまでマヨネーズの味見をしていた。

「あなた達は貴族だということを忘れたのかしら？」

「グシャ公爵令嬢、ごきげんよう」

王子の婚約者が現れたので、すぐにマヨネーズを隠して挨拶する。

不愉快そうな顔をしているけど、彼女もマヨネーズが気になるのだろう。

それに気づいた男達がマヨネーズを彼女に渡していた。

「聖愛も気になるなら食べてみたらどうだ？　味見をしてみたが変わった味だぞ」

振り返れば、王子やその側近も興味深そうに味見をしていた。

「ありがとうございます」

マヨネーズを受け取ってみたが、明らかに私が知っているマヨネーズとは違い、気持ち悪さを感じた。

〝獣臭い〟とは聞いていたが、たしかに変わったにおいがする。

食べる前から美味しくないとわかってしまうほどだ。

「君達、校外学習の前なのに気が抜けているぞ」

担任の先生が来たため、私は急いでマヨネーズの入った容器の蓋《ふた》を閉める。

「これから校外学習を始める。森に着く前にも魔物が出てくるため、気を抜かないようグループ揃って挑《いど》みなさい」

一通り説明を聞き終えると、校外学習に向けて隊列を組んでいく。

「聖愛は俺らが守るから安心してくれ」

「将来騎士団長になる俺もいるからな」

別に守ってもらわなくても、自分で戦う力は持っている。

それに魔力量や魔力のコントロールでは、ここの先生にも負けない自信がある。

聖女だからだって片付けられるかもしれないけど、私がこの世界で生きていくために、必要になると思って努力したことだ。

「ええ、頼りにしています」

出発前に面倒なことになってもやりづらいため、ここはこの人達を頼らないといけないのだろう。

三人に向けて優しく微笑んだ。

そうして私は王子とその側近である二人とともに森へ向かった。

近くには先生もいるし、みんなで行動する予定になっているから問題はないだろう。

その時まではそう思っていた。

「ファイヤーボール！」

私は率先して魔物を討伐する。

ゴブリンはゲームの中で見たまんまの姿をしていた。

子どものような背丈で、どこか鬼のような気持ち悪い姿をしている。

むしろゲームに出てくるゴブリンの方が可愛い見た目をしていたかもしれない。

「さすが聖愛だな」

「殿下、汗をかいてますが大丈夫ですか？」

私がハンカチで王子の汗を拭うと、彼はにこりと笑った。

「ああ、少し緊張しているからな」

「みなさんも大丈夫ですか？」

「ああ、やはり聖愛は優しいですね」

「あなたは女神みたいな人だ」

そう答えてはいても、どこか三人とも顔色が悪く、震えているような気がする。

そこには私を守ると豪語するさっきまでの不敵な姿はなかった。

もしかしたら、三人は森の中にいる強い魔物の魔力を感じ取っているのかもしれない。

私もまだまだ勉強が足りないようだ。

周囲を見ても私以外のほとんどの人が似たように震えていた。

遠くにいる親友は不思議そうに辺りをキョロキョロしているので、最近まで魔法と縁遠い生活をしていた私達だけが気づけていないらしい。

……彼女も頑張って魔物と戦っているようで少し安心した。

それにしても森の中は道中と異なり、魔物の数が多い。

どれだけ倒しても魔物が出てくる。

「うええぇぇぇ」

「えっ？」

突然、嗚咽《おえつ》が聞こえたと思ったら、私以外の三人がその場で嘔吐し始めた。

何か特別な魔法にでもかかったのだろうか。

周囲を見ると、近くにいる他のグループの子達も同様の症状が出てぐったりしている。

私は急いで空に魔法を放った。

何か危険なことがあった場合、空に向かって魔法を撃てと言われている。

それと同時に、街から鐘の音が聞こえてきた。

あの鐘は魔物が暴走して襲ってきた時に鳴らされると聞いている。

そうなる前に魔物の数を減らすのが、今回の校外学習の目的だ。

でも、こんなに早く鐘が鳴るとは思ってもいなかった。

あとは冒険者と呼ばれる魔物を倒す人達や騎士団の仕事になるはず。

学生の私達じゃ足《あし》手《で》纏《まと》いになってしまう。

すぐに森を出ようとしたが、王子達はその場で座り込んでいた。

「殿下、どうされたのですか？」

「聖愛は逃げろ。これは呪いだ！」

呪いって、あのホラー映画とかに出てくる呪いだろうか。

私はすぐに聖属性《せいぞくせい》魔法《まほう》を唱えたが、殿下の呪いは解けるわけでもなく嘔吐は止まらない。

もしかして、呪いは病気に近いものなのかと私は焦り出す。

私の聖属性魔法はあまり怪我や病気に効果がない。

ちなみに、私にその才能がなかったのかと思ったが、鑑定というスキルが使える人達に見てもらったところ本来は使えるようだった。

歴代の聖女は治療の効果にばらつきはあっても、私よりは優秀だったらしい。

気づいた頃には、周囲にはぐったりと倒れる生徒で溢れていた。

「大丈夫ですか！」

「先生！」

空に向けて撃った魔法に気づいてくれたのか、先生が走ってきた。

「これはどういう状況ですか」

「エドワード殿下が呪いだと言っていました」

「呪い!?」

やはり呪いは特殊な存在なんだろうか。

私の未熟な聖属性魔法では呪いの解除もできなかった。

「聖愛さんはすぐにみんなを集めてください。ここを離脱します」

少ない人数では守り切れないと判断したのだろう。

先生の指示に従い、私は近くにいる人達に声をかけながら、一ヶ所に集まった。

「聖愛さん大丈夫ですか？」

「ええ、フェリシアさんは？」

「私も大丈夫です」

親友であるフェリシアも呪いにはかかっていなかった。

ただ、ずっと魔法を使い続けるには魔力が足りないのだろう。

魔物は常に襲ってくる。

フェリシアはふらふらしながら魔法を放っていた。

それは彼女だけではない。

先生もここに来るまでに魔力の使いすぎで、ふらふらしてきている。

私が聖属性魔法である防御壁を張ると、先生はその場で倒れ込んだ。

「これは一体どういうことだ。魔物が寄ってこないぞ？」

「私の魔法で防御壁を張っています。今のうちに生徒を外に連れ出せますか？」

聖属性魔法は守りたいという力に反応すると言われている。今の私の気持ちであれば、多少は持つだろう。

しかし、先生は首を横に振った。

「いや、俺の力では無理だ。意識を保つのもやっとだ。他の人達の助けが来るまで待つしかない」

生徒達はみんな嘔吐と下痢を繰り返していて、ズボンの隙間から何かが垂れ流れていた。

呪いの恐ろしさにフェリシアが体を震わせる。

「なぜ私と聖愛さんは何ともないのでしょうか？」

「それは私もわからないわ。ただ、今はここをどうにかすることだけ考えましょう」

しばらく防御壁を張りながら、魔物が押し寄せてきたタイミングで風属性魔法を使い遠ざけていく。

ただ、魔力も湯水のように湧き出るわけではない。

そろそろ私の魔力も切れてきそうな気がしてきた。

立っているのもギリギリなぐらいだ。
それでも他の人が助けに来るまで、みんなを守らなければいけない。
それが聖属性魔法を使う者の役目だ。
やがて、人の気配に気づいた魔物が増えて防御壁を叩き始めた。
「いやぁー！」
今まで倒れていた生徒が顔を上げ、あまりの魔物の多さに驚いて悲鳴を上げた。
もう私の魔力も尽きかけている。
諦めかけた瞬間――
「ウィンドカッター」
力強い声が響いたと同時に、風の刃が魔物達をどんどんと倒していく。
それと同時に私の体から力が抜けていく。
「大丈夫か！」
見上げたそこには、見たこともない綺麗な瞳をした男性がいた。
これはなんだろう。
さっきまでの恐怖がすっかり消えて、代わりに痺《しび》れるような衝撃が私の体を走る。
その人の顔を見ると、胸が高鳴った気がした。

◇

マミ先生の孤児院を離れて森の中を探っていた俺は、途中で見かけた生徒達を救うことに成功した。

「騎士様、先ほどはありがとうございました」

話を終えた少女は足に力を入れると、すぐに俺から離れて先生に声をかけていた。

どうやら先生は一時的な魔力切れで動けないだけのようだ。

少女と会話もできているため、すぐに復帰できるだろう。

「生徒は全員いますか？」

「それはわかりません。ただ、他の生徒にも先生がついているので大丈夫だと思います」

どうやらここにいる生徒が全員ではないようだ。

さっき遭遇した生徒のように、まだ別行動している者もいるのだろう。

ただ、今対応するべきは、呪いの影響でその場で横になっているエドワード殿下のことだ。

王族をその場に放っておくことはできない。

「私達は大丈夫なので、他の人達を助けに向かってください」

少女はこの現状を理解していながら、無事に生きている一人を助けるよりも、まずはたくさんの命を救うことを優先してくれと言う。

「この周辺は魔物が多いので、すぐに森から出るように。近くに冒険者がいるので助けを求めてくれ」

「なぜ俺が平民に助けてもらわないといけないのだ！」

やはり貴族達は一筋縄ではいかないようだ。

殿下だけではなく、他の貴族達も平民である冒険者に助けを求めることは恥だと思っているのだろう。

「わかりました。私がなんとか言い聞かせます」

しかし、さっきまでふらふらしていたはずの少女が、凛々しい顔で答えた。

その姿を見てなぜかマミ先生に会いたいと思ってしまった。

「協力に感謝する」

胸の前で拳を作り少女に礼を伝えると、彼女は頬を赤く染めていた。

彼女も呪いにかかっているんじゃないかと少し心配になる。

「呪いで苦しんでいる人を、まず街の孤児院に連れていくといい」

「孤児院にですか？」

「ああ、そこにはマミ先生がいる。彼女ならどうにかしてくれるだろう」

この呪いをどうにかできるのはマミ先生ぐらいだ。

「マミ先生って看護師さんのことですか？」

「看護師……？　ああ、マミ先生が前に言っていた仕事のことか？」

以前マミ先生にどういう仕事をしていたのか聞いたことがある。

その時に看護師だったと言っていた記憶が何となく残っている。

ひょっとして、この少女はマミ先生のことを知っているのだろうか。

「おい、聖女に気安く話しかけるなよ」

その瞬間、さっきまで横になっていたエドワード殿下が俺を睨みつけた。

「エドワード殿下、私はそのようなつもり――」

「もったいない公爵家の三男は、せいぜい平民を守っていればいいんだよ」

「ああ、そうだな。第一騎士団にも所属できないからこんなところにいるんだしな」

青白い顔をしながらも、俺に文句をぶつける殿下と側近達。

以前の俺ならここで怒っていただろう。

だが、マミ先生に必要とされていることがわかったから、今は何も思わなくなった。

俺はマミ先生や子ども達を守れるならそれでいい。

他の人達は一切興味もない。

——バチン！

そんな中、動いたのはさっきまで話していた少女だった。

彼女は右手を振り上げ、エドワード殿下の頬を強く平手打ちした。

「おい、聖愛！　俺に——」

「本当に最低で惨めな男ね！　あんたも！　そこのあんたもよ！」

他人にこんな態度を取られたことがないのか、殿下は驚いた表情をしている。

少しスッキリしたが、殿下に手を出したことの方が問題だ。

「お嬢さん、それぐらいで——」

「この人が来なければ私達は死んでいたのよ！　それなのに命の恩人にお礼の一つも言えないで何が次期国王よ！　そんな国王に誰がついていきたいと思うのよ。国民がいてこその国王でしょう！」

少女の目からは涙が溢れ出ていた。

彼女も彼女なりに思うことがあるのだろう。

「どうしてそんなに怒っているんだ」

さっきまで怒っていた殿下は、一転して狼狽《うろた》えていた。

まあ、女性に怒られることなんて中々ないからな。

今までの人生で俺に怒ったのも、マミ先生ただ一人だけだ。

あの時は衝撃が強すぎて、頭に大きな岩が落ちてきたような感覚だった。

「……あなたが聖女である私に色々優しくしてくれていたのを知っています。だから今まで私はその優しさをあなたに返していました」

なるほど、彼女が聖女と聞いて納得した。

マミ先生に似ているのは、見た目だけではないようだ。

それに聖女だからエドワード殿下と対等に話しているのだろう。

公爵家出身の俺でも、殿下にはちゃんとした言葉遣いで話さないといけないからな。

「でも、あんなことを言う人達と関わることはやめます」

「えっ……」

「えーっと……騎士様。みなさんがご迷惑をおかけして申し訳ありませんでした」

彼女は深々と俺に頭を下げた。

きっとこれがマミ先生の世界で使われている謝罪の方法なんだろうな。

俺もよくみんなにペコペコ頭を下げるマミ先生の可愛い姿を見かける。

ああ、早く帰って褒美が欲しい。

俺は姿勢を正して気を引き締める。

「騎士アルヴィン、そのお言葉を受け取りました。俺は他の人を助けに行きますので気をつけてください」

他の生徒を捜しに行くために、俺はその場から立ち去ることにした。

「アルヴィン様か……」

聖女が何かを呟いていたが、それよりも早くマミ先生に会いたい。

俺は彼女のことで頭がいっぱいだった。

第九章　ママ聖女、秘密結社の先生になる

食中毒で倒れた街の人をなんとか魔法と看護知識で治したと思ったら、今度は貴族らしき人が来たと主婦の一人に呼ばれた。

急いで部屋を出ると、孤児院の玄関には身なりが整った生徒が倒れていた。

腰に剣をつけているのは、彼が校外学習に行っていたからだろう。

以前アルヴィンから魔物の襲撃よりも早めに校外学習を行うと聞いていたが、襲撃と同じ日に重なってしまったのかな。

その辺は詳しくないからわからない。

それにしても、なぜ彼はここに来たんだろうか。

「大丈夫ですか？」

「ああ、騎士から、ここに来たら呪いを治してくれると聞いた」

きっとその騎士はアルヴィンのことで間違いない。

ただ、なぜ生徒が呪いにかかっているのか疑問が残る。

本当の呪いなら対処できないが、病気の症状であればどうにかできそうだ。

まずは症状を聞いて、原因を探るところから始めないといけない。

「あなたはマヨネーズを食べましたか？」

主婦の一人が確認すると彼は頷いていた。

「えっ⁉」

ここでもマヨネーズによる被害が広がっている。

どれだけの人があの粗悪なマヨネーズを食べているのだろうか。

「他にも食べた人はいますか？」

「俺の友達やクラスの人達はほとんど食べている」

その言葉を聞いて、背筋が冷えた。

クラスの人達がほとんどって……かなりの人数になるだろう。

学園の一クラスの人数はわからない。

ただ、日本の基準で考えると、三十人近くはいることになる。

街の中にいる人達以外にもアルヴィンが声をかけているとしたら、ここに来るかもしれない。

「みんな、すぐにもう一部屋準備して！」

「ママ先生、オレ達の部屋なくなっちゃうの？」

クロの言葉に私は唇を噛む。

今は元々食堂として使っていた部屋で街の人達の治療に当たっている。

あと部屋として残っているのは、子ども達の部屋とアルヴィンの部屋、そして私とレナードが寝ている部屋だ。

「狭いけど今日はみんなで私の部屋で寝ましょう」

私の一言に子ども達は目をキラキラとさせていた。

甘やかさないように普段は別に寝ることが多い。

たまに寝付けない子や何かあったときに一緒に寝るぐらいだ。

子ども達は私と寝られるいい機会だと思ったのかな。

「この方達って貴族よね？」

主婦の言葉に私は頷く。

平民の人達、特に商店街の人にとっては貴族の印象はよくない。

私がゴールドピンチ子爵家の男に連れ去られそうになっているところを見ていたから尚更だ。

ただ、今はそれどころじゃない。

「歩けそうなら孤児院の中で休んでください。外よりはいいでしょう」

私の言葉に頷いて生徒は立ち上がった。

歩くのも大変なんだろう。ふらふらしながら部屋の中に入っていく。

「しぇんしぇい、ジュース持ってきたよ」

「これを飲んでゆっくり休んでください」

トトからジュースを受け取ると、生徒に飲ませていく。

躊躇《ためら》いなく口をつけたのを見て、貴族なのにと少し疑問に思う。

普通なら獣人がいることに嫌悪感を抱いて、拒否をするはずだろう。

それだけアルヴィンが説明したのか、あるいは呪いという言葉が大きいのかもしれない。

その間に回復属性魔法をかけて、水分の吸収を促進させていく。

「少しは楽になりましたか？」

「ああ、助かりました」

その場を去ろうとしたら手を掴まれた。

急な行動にビクッとしてしまう。

「あなたの名前をお聞きしてもよろしいですか？」

これは新手のナンパだろうか。

バッカアみたいに正直に名前を言って、変な呼ばれ方をされるなら答えない方がいい気がした。

だって私は〝マミイモ〟だからね。

「私はただの看護師ですよ」

「カンゴシ？　それは名前ですか？」

「マミ先生、すぐに来てください」

「わかりました！」

他の生徒が来たのかもしれない。これからもっと忙しくなりそうだ。

「今日はゆっくり休んでください」

私が微笑むと生徒はどこかぼーっとしていた。

「マミ先生……」

私は彼の手をやんわり外して立ち上がった。

すぐに入り口に向かうと、ゾロゾロと生徒達が流れ込んできた。

「私はあんな獣人がいるところに行きたくないわよ」

「俺だって、人かどうかもわからないやつがいるところに行けって言われても嫌だ」

ただ、人によってそれぞれ感じ方は違うようだ。

さっきの生徒とは大違い。

全然素直でもないし、むしろバッカアの方が可愛く見えるぐらいだ。

子どもや主婦達も戸惑っていた。

獣人に対する差別意識が貴族達にあるのは前から知っている。

ただ、みんなが傷ついていないか心配だ。

特にまだ自分達のことをしっかり理解していない、ちびっこには聞かせたくはない。

「お兄ちゃん達こっちだよ」

「触るんじゃねーよ！」

案の定、ちびっこが案内をしようとしたら、生徒の一人が乱暴に手を振り解《ほど》いた。

可哀想に、衝撃で尻餅をついている。

「うっ……」

ちびっこはその場で泣きそうになっていた。

「大丈夫か？」

「うん」

私が彼らに近づこうとしたら、それより先にクロやトトがちびっこ達を守るように前に立った。

トトが頭を撫でたので、ちびっこは泣かずに済んだようだ。

そして、クロが他の子の代わりに生徒達に話しかけていた。

「今は治療が必要なので、中に入ってください」

きっとクロも自分を嫌っている人達に声をかけるのは嫌だろう。

それなのに彼らを助けようと声をかけている。

みんな目に涙を溜めながら堪《こら》えていた。

私は子ども達に近づき、そっと抱きしめる。

「しぇんしぇい？」

私はなんてことをさせていたのだろう。

貴族がどういう態度に出るかわかっていたはずなのに。

罪悪感が胸に突き刺さる。

「もう頑張らなくてもいいのよ。私が無理させちゃったね」

優しく頭を撫でると、ちびっこは胸の中で涙を流していた。

きっと無理をさせてしまったのだろう。

私の周りにはたくさんの子ども達が集まってきた。

「しぇんしぇいが頑張ってるのに、何もできなかった。ごめんなしゃい」

「ごめんなさい」

「キキも何もできてない」

子ども達は言われたことに涙を流しているのではなく、何もできないことに泣いていた。

本当にいい子達ばかりだ。

「そんなことないよ。みんなにはいつも助けてもらってるよ。すごいがんばったね」

　本当に私は何をやっていたのだろう。

　もっとこの子達を守れるように私が強くならないとダメだな。

　私はこの子達の母親だからね。

「おい、ここの責任者は――」

　一番大事なのは子ども達で、守るべきはこの孤児院だ。

　マヨネーズを広めた責任は私にあるが、粗悪品に気づかず食べて体調を崩したのは自分達だ。

　貴族相手だからって弱気になっていてはいけない。

　看護師は誰にとっても平等であるべきだ。

「治療を拒否するなら帰っていただいて結構です」

　私の声は、外壁の外から聞こえる戦いの音も消し去るような大きさだった。

「お前何言ってるんだ？　俺達貴族を治すのがお前の仕事だろ」

「そうよ！　早く私達を治しなさい！」

「ここは孤児院です！」

　病院じゃない、子ども達を守る孤児院だ！

「ここは公爵令嬢である私が話をつけるわ」

すると、彼らの後ろから聞いたことのある声がした。

「グシャ公爵令嬢！」

生徒達が端に寄ったために、真ん中に道ができる。

「あっ……」

現れたのは、以前貴族街で会った気の強い令嬢だった。

あまりにしつこいので、わざと難しそうな言い回しで煙に巻いた記憶がある。

「早く私達を治しなさい！」

堂々と前に出てきた割に、言うことは他の生徒と同じようだ。

「早く治療をしなさいよ！　公爵家に逆らったらどうなるのか知らないのかしら？」

結局は貴族という地位に頼っている。

彼らにはそれしかないのかな。

それに私は治療をしないと言っているわけではない。

「私は先ほど言いました。治療を受ける気がない人はお帰りください、と」

「だから治療してって言っているじゃないの！」

「それが治療をしてもらう人の態度ですか！　子ども達に手まで出して……私は許しません」

ようやく私の本気が伝わったのか、令嬢の後ろの生徒達がさっと顔色を変える。

「嫌だ……まだ死にたくないわ」

一人の生徒の呟きはすぐに広まっていく。

「俺だってやっと婚約者を見つけたばかりだ」

後ろにいる生徒達は〝死〟という言葉を聞いて実感が湧いてきたのだろう。

「あなた達黙りなさいよ！」

目の前にいるグシャ令嬢も少し冷や汗を流している。

ここまで言ったら、流石にわかってもらえるかと思ったが……

「貴族法に則《のっと》り、あなたを処罰します！」

彼女はいきなり腰に提げていた剣を抜いた。

あくまで私を脅《おど》して治療をさせる気らしい。

「はぁー」

呆れてため息が出てしまう。

彼女は取り返しのつかないことをしてしまった。

私の側には、騎士としての志を誰よりも強く持った可愛い子どもがいる。

「ママ先生はオレが守るんだ！」

クロはすぐに駆け寄り、彼女の手を蹴り上げた。そのまま宙を舞った剣を掴む。

「あっ……」

一瞬にして剣を奪ったクロは、彼女の喉元に剣を向けた。

休みなく毎日剣の訓練を騎士団相手にやっていたクロが弱いわけがない。

稀《まれ》にアルヴィンやレナードも押されているぐらいだったからね。

成長したクロに拍手を送りたいが、そこまでやってしまったら本当に私達の身が危ない。

クロに剣を下げるよう言おうとした瞬間。

「マミイモ、おじさんを逃してしまった――」

またしても悪いタイミングであの男が帰ってきた。

孤児院の入り口に立ったバッカアは驚いた顔をしている。

いけない、第一騎士団所属の騎士にまで見られてしまった。

彼は貴族を守る騎士だ。

「クロ、おいで！」

クロに離れるように声をかけるが、彼も私を守るために必死なようで、一歩も動こうとしない。

それを見たバッカアは怒った顔で近づいてきた。

ああ、これは厄介なことになりそうだ。

「お前は何をやってるんだ！」

ほら、やっぱり怒っていた。

私もクロを守るために走って近づく。

しかし、バッカアが怒っていた相手は私達に対してではなかった。

「おっ……お兄様!?」

「えっ……」

どうやら目の前にいるグシャ公爵令嬢はバッカアの妹だったようだ。

バッカアはクロに剣を下げるように伝えると、そのまま妹の首根っこをひっつかんだ。

あまりにも素早い行動に驚いて言葉も出ない。

初めに文句を言っていた生徒達はなぜか震えていた。

「マミイモに喧嘩を売るな。お前のせいで俺様が嫌われたらどうするんだ？　はぁん？」

なんだこの男は。

本当に、獣人をけなしてレナードにぼこぼこにされていたあのバカ野郎なのか？

「お兄様、私は――」

私とクロは驚いて開いた口が塞がらない。

「俺に殺されたいのか？　お前なんて喉元に剣を突き刺せば一瞬にして――」

「ちょちょ、本当にあなたはバカになるつもりですか」

私は急いでバッカアを止める。

「今バカって俺に言ったか？」

「あっ……」

咄嗟に出た言葉だが、バッカアには聞こえていたようだ。

しかし、彼は怒るでもなくニヤリと笑っている。

「やっと俺の愛称を呼んでくれたな！」

「へっ⁉」

何が起きているのだろうか。

バッカアは喜んで私に抱きついてきた。

バッカアの愛称って〝バカ〟でいいのだろうかと疑問に思ってしまう。

さっきから言い合いになったと思ったら、目の前で殺人が起こりそうになり、感情の起伏が追いつかない。

「バカ兄ちゃん、ママ先生を離せよ！」

「嫌だ！」

「オレも頑張ったもん！」

クロは私とバッカアの隙間に入ると、バッカアを遠ざける。

すると、その様子を見ていた生徒達がひそひそと話し始めた。

「あの血沼《ちぬま》の暴君を手懐《てなず》けていますわ」

「あの人、学園一制御ができないって言われていた先輩ですよね……」

うん？

若かりしバッカアは学生の時に何をやらかしたのだろうか。

「マミイモ、もう一回バカって呼んでくれないか？」

言わないとこの人は止まらなさそうだもんね。

「バカ……」

「クァー！　これで一歩近づいたぜ！」

バカと呼ばれて目をキラキラさせている彼に、私は何も言えなかった。

もう貴族達にはついていけないわ……

全員価値観が違いすぎて、もうどうしたらいいのよ。

「ぐすん、先ほどは申し訳ありませんでした」

グシャ公爵令嬢は兄に怒られたのが効いたのか、素直に謝ってくる。

「おい、それじゃあマミイモに無礼だろうが！　お前の首一つでも足りないぐらいなのがわからないのか！」

大きな声を上げるバッカアに私もヒヤヒヤする。

そこまでしてほしいなんて誰も思ってない。

私は目の前で任侠《にんきょう》映画でも見ているのだろうか。

「首も指も何もいりません」

私は急いでバッカアを止める。

すると彼はさっきよりもキラキラした目でこちらを見た。

「やはりマミイモは慈悲深き女神様だ！　お前ら一生忘れるんじゃねーぞ！」

「はああああい！」

生徒達は全員立ち上がり、胸に拳を当てて敬礼をした。

立ち上がれない生徒は座った状態で頭を下げている。

傍から見たら私が土下座を強要しているように見えるだろう。

もう意味不明だ。

「ママ先生、貴族を手下にしたよ」

「ひみちゅけっちゃのしぇんしぇいはしゅごいね」

うん？

いつのまに私は秘密結社の先生になったの？

キラキラした目で子ども達も見てくるため、いたたまれない気持ちになる。

「バッカアさんそこまでやらせなくても――」

「俺はバカだ」

「バカさん」

「はぁー」

バッカアはそんなにバカと呼んでほしいのだろうか。

ただの罵倒《ばとう》にしか聞こえないのに、自分のことをバカって呼ばれて喜ぶ姿を見ると笑いしか起きない。

笑ってはいけないと必死に堪える私を褒めてほしい。

「もう、バカ！」

「うん、それでいいぞ！」

バッカアは私の頭を優しくポンポンと撫でた。

第十章　ママ聖女、事件を解決する

「彼女達は病人です。治療を受けるかどうかの確認を――」

「お前ら治療を受けるだろ？　おん？　受けないって言ったら、お前らの命が――」

「はい！　受けさせていただきます！」

受けても受けなくてもよさそうなほど元気な気がする。

私はバッカアの妹を部屋に連れていき、早速経口補水液を渡して魔法をかける。

「先程は申し訳ありませんでした」

よほど兄が怖いのか、シュンとしたただの女子高生のようになっていた。

あまりにも子ども達に対する態度が気に入らずに、私も言いすぎてしまったのは確かだと思い直し、正直に謝る。

「ごめんなさい。ごめんなさい。ごめんなさい。ごめんなさい」

優しく背中を撫でていると、謝り続けていた彼女も少しずつ落ち着きを取り戻した。

「あなたは何者ですか？　私の父や母でも手がつけられなかった兄をあそこまで変えるとは、本当に女神様ですか？」

私が女神に見えるなんて、完全に精神が壊れている気がする。

さっきまで私を嫌っていたよね？

「おう！　マミイモは命を懸けて俺を助けた恩人で女神様だからな！」

部屋の外で待機させていたのに、バッカアがまた近寄ってきた。

本当にこの男はなんなんだ。

「バカはおすわり！」

「へへへ！」

とりあえず落ち着かせることにした。

令嬢もバカと呼ばれて喜んでいる兄を見たくはないと思うが仕方ない。

彼がいないと治療が進まないが、いたら誤解から誤解を生んで、もはや違う意味で手がつけられなくなる。

どっちにしろ大変なら、治療できる方を選ぶしかない。

早くアルヴィンとレナードに帰ってきてほしいと切実に思う。

私や主婦は平民だから、貴族であるバッカアをどうすることもできない。

外も静かになってきたため、そろそろ二人とも戻ってくるだろう。

「すみませーん！」

そんなことを思っていると、また玄関の方から声が聞こえてきた。

まだ他にも貴族がいたのかな？

もうさすがに貴族達の相手をしたくない。

「マミさんはいますかー？」

ただ、その声に聞き覚えがあった。

私の聞き間違いでなければ、彼女のはず。でもなぜここにいるのだろうか。

「はーい！」

急いで入り口に向かうと、やはり知っている人がそこに立っていた。

「橘さん？」

「あっ、やっぱり看護師さんだ！」

聖女召喚で一緒にこの世界に来た、女子高生の橘さんがいた。

私はその後ろにいるげっそりした男達を視界に入れないように彼女に話しかけた。

あの人達には絶対に関わってはいけない。

私が絶対に会いたくないと思っていた人が含まれている。

「お久しぶりですね」

「はい！　ずっとマミさんに会いたかったです！」

「本当？　そう言ってもらえて嬉しいわ。そういえば……私の名前をなんで知っているの？」

確か一緒に召喚された時は、看護師さんと呼ばれていたのに。

自己紹介をしたこともなかったけど、ひょっとしたらおじいさんが名前を教えていたのかな？

「えーっと、アルヴィンさんっていうイケメンの騎士に聞きました」

どうやらアルヴィンに会ったらしい。

それにしても彼女もアルヴィンの容姿に騙されたのか。

アルヴィンのことを思い出して、少し頬を赤く染めていた。

傍から見たらイケメンだけど、彼の中身を知ったら驚くだろう。

ただの体の大きな子どもだからね。

「あっ、私の名前は聖愛って言います」

「本庄真実です、改めてよろしくね」

お互いに自己紹介を終えると、後ろにいた男が不満そうな顔をしながら近づいてきた。

「おい、早く治せよ」

「はぁー。ここにも厄介なやつがいたか」

「おい、今俺のことを厄介なやつと言ったか？」

つい思っていたことが口に出てしまったようだ。

「あっ、殿下も呪いにかかったんですか？」

外のうるささにバッカアも気づいたのだろう。

ご機嫌な感じで近寄ってきた。

「おい、バカ！　なぜお前がここにいる」

ああ、愛称で呼び合う仲なんだ。

「なんでって、マミイモのことが好きだからここにいるんだが？」

「「えっ⁉」」

私と聖愛の声が重なった。

どうやら私はバッカアに好かれていたらしい。

今までの行動は、好きだからやっていたってこと？

孤児院にいるちびっこよりちびっこじゃん！

「ふーん、お前が最近気になっていたのはそいつのことか」

殿下が私のことをジロジロと見てくる。

「ふん！」

今、あいつ鼻で笑ったぞ。

私の容姿を絶対にバカにした。

本当にこの国の男はどうかしている。

「私はあなたのそういうところ、嫌いです」

「えっ……」

聖愛の言葉に殿下は動揺していた。

一瞬にして聖愛と彼らの関係性が見えてきたね。

「ママ先生、この人はだれ？」

「ひみちゅけっちゃの人？」

子ども達がゾロゾロと出てきて、私の脚に抱きついてきた。

学園に通っているということは、聖愛も獣人に対しての苦手意識があるかもしれない。

それに後ろには殿下がいる。

私は体で子ども達の姿を隠した。

「あの子達は？」

「私の子どもです」

「お子さん!?」

その姿を見て聖愛は目を輝かせていた。

子どもが好きなんだろうか。

「私は聖愛です」

彼女は子ども達に向けて握手を求めるように手を出していた。

こちらをチラチラと見る子ども達に私が頷くと、みんなもゆっくり歩み寄っていく。

「オレはクロ！　ママ先生の婚約者だ！」

「婚約者⁉」

「オイラは先生の浮気相手だ！」

「浮気相手⁉」

「キキは……先生の弟子かな？」

「んー、最後はそこまでパンチが利いてないね」

聖愛は驚きながらも子ども達の自己紹介をしっかりと聞いていた。

聖愛が子ども達の頭を撫でていると、どんどんとちびっこ達が集まってくる。

「おい、聖愛。獣人は――」

「可愛いですよ？」

これで聖愛は子ども達に魅了されて、あまりの可愛さに抜け出せなくなるだろう。

「うっ……おえぇ！」

そんなほのぼのとした中、殿下はその場で嘔吐し始めた。

忘れていたが、後ろにいる人達はほとんどサルモネラ感染症にかかった人達だった。

「治療をするので部屋で少し休憩してください。みんな、聖愛さん達の案内をお願いね」

「はーい！」

ちびっこ達は胸の前で拳をつくる。

「わぁー、可愛い！　みんなしっかりしているのね」

褒められてちびっこ達も満更でもないようだ。

「せいねえちゃんこっち！」

「ふふふ、せいねえちゃんっていいね」

しっかりと私を睨んでみんなの後ろをついていく殿下を含めた三人衆。

きっと学園の中でも問題の多い三人なんだろうな。

私が経口補水液を取りに戻ると、聖愛は他の人達を見て驚いていた。

「ほぼ全員いるんですか？」

どうやら生徒達は全員ここにいるようだ。

引率者の先生がいないことを疑問に思い確認すると、まだ森の周辺に生徒がいないか確認しているらしい。

街までは冒険者に守ってもらい帰ってきたと聖愛は言っていた。

冒険者も貴族達を守って大変だっただろうね。

「お前ら、うるさくしたらどうなるかわかってるだろうな」

バッカアの脅しに、残りの生徒達は静かに空いているところに腰掛けた。

なるべく子ども達が関わらないように、主婦と聖愛で協力して経口補水液を配る。

「この水、美味しいな」

やはり貴族の中からも冒険者達と似たような感想が出てきていた。

ジュースを飲む文化がなければ、ほのかに甘く作られている経口補水液は甘くて美味しい水なんだろう。

「これってなに？」

「ジュース！」

聖愛も子どもに何か聞いていた。

「これは経口補水液です。ここではジュースって呼んでいます」

キキが補足すると聖愛は嬉しそうな顔をしていた。

「いやー、懐かしい！　熱中症とかに使うやつですよね」

「ねっちゅーちょー？」

ちびっこは頑張ってマネしているが、中々言えないようだ。

そんな姿に聖愛は楽しそうに笑っていた。

一方の私は、黙々と患者に回復属性魔法をかけていた。

症状が落ち着けば、すぐに自宅に帰ることもできそうだ。

「そういえば、この呪いの原因ってなんですか？」

聖愛がふと思いついたように尋ねてくる。

聖女でも治せないのに、ただの一般人が治療できたら疑問に思うのは仕方ない。

「原因はマヨネーズだと思います」

「マヨネーズ!?」

マヨネーズが原因だと聞いて聖愛は驚いていた。

日本にいてマヨネーズで死ぬってあまり聞いたことがないからね。

手作りマヨネーズを作る人ぐらいしか、その危険性は認知していない。

「ああ、やはり平民の食べ物を食べた罰だ」

「最悪な死因だな」

貴族達はいまだに死ぬと思っているのだろう。

しばらく黙っていてもらうためにも、何も言わずに放置することにした。

「マヨネーズってこれのことですよね？」

聖愛は鞄から小さな容器を取り出した。

そこには茶褐色に近い色をしたマヨネーズが入っていた。

「これがマヨネーズですか？」

「私も怪しかったので食べていないんです」

いかにもまずそうな調味料に戸惑う。

からしマヨネーズって言われても納得できないほど、茶褐色で少し黄色が混ざったような感じだ。

どうしたらこんな色になるのだろう。

「美味しくなさそうだね」

ハムは近寄り、マジマジとマヨネーズを見ていた。

料理に興味があるハムは気になるのだろう。

聖愛が蓋を開けると、子ども達は急に外に飛び出した。

「マヨネーズで獣臭がするっておかしいですよね」

「私達が食べているものと全く別物ですね」

主婦も聖愛の近くに集まってきた。

きっと材料の中に動物性の脂が入っているのだろう。

それに脂と他の材料が混ざり合っていないため、分離した状態になっている。

臭いマヨネーズなんて今まで食べたこともない。

「それが逃げたおじさんが作ったってやつか」

バッカアも上から興味深そうにマヨネーズを見ていた。

「食べたらダメですよ」

「ああ、さすがに俺もそこまでバカじゃない」

部屋の中が静まり返る。

もしかして、全員バッカアがマヨネーズを食べると思ったのだろうか。

気を取り直して私が台所から自作のマヨネーズを持ってくると、においがなくなったのか、子ども達がゾロゾロとついてきた。

「孤児院で食べているマヨネーズはこれです。ちゃんと卵を熱湯消毒していますし、オイーブオイルを使ってますよ」

マヨネーズを手渡すと、聖愛とバッカアは驚いていた。

「えっと……食べてみますか？」

ちょっと不謹慎かなと心配しつつも提案すると、聖愛は笑みを浮かべた。

「いいんですか？　ずっと楽しみにしてたんです」

聖愛はマヨネーズを指につけて口に入れる。

「んーっ、高級なマヨネーズって感じがしますね。そこまで油っぽさも感じないヘルシーなマヨネーズです」

今時の高校生は食レポもできるんだね。私もびっくりするほどの表現力。

「ああ、なんというかもわぁってした感じが口の中でぶわーって広がってうまいな」

一方のバッカアは、やはりバカっぽい食レポをしていた。

期待を裏切らないのがバッカアだ。

「しぇんしぇい、お腹減ったよ」

「どこでご飯を食べるの？」

子ども達はお腹が減ったのだろう。

そろそろ日が暮れてくる。

早めに準備をしないと、夕飯には間に合わないだろう。

「よかったらご飯を食べていきますか？」

「食べる！」

先に答えたのはバッカアだった。

「いいんですか？」

「マミイモの料理を初めて食べるぞ！」

聖愛に言ったつもりが、バッカアも食べることになってしまった。

すごく嬉しそうに聖愛と話しているから、作るしかなさそうだね。

「では準備をするので、ここに寝ている人達と子ども達をよろしくお願いします」

「何か手伝うことがあったら呼んでください」

「俺もこいつらが動かないように見張っておく」

バッカアは明らかに間違っている気がする。

生徒達がビビって寝返りも取れなさそうだ。

早く治して帰った方が自分自身のためになるだろうね。

台所に向かうと早速準備を始める。

今日の助手はもちろんハムとリリだ。

アルヴィンやレナードはいないけど、水をたくさん汲《く》んできているため問題はないだろう。

「今日は何を作るの？」

「食べやすくてバランスがいい食事か……あっ、和風お好み焼きにしようか！」

「わふぅおののみやき？」

お好み焼きなら卵と小麦粉、キャベツやお肉があれば簡単に作れてしまう。

問題なのはお好み焼きのソースだが、和風の照り焼きソースのようにすれば問題ないだろう。

それならマヨネーズとも相性がいいし、かけなくても食べられる。

聖愛はマヨネーズを恋しそうに食べていたからね。

せっかくだから食べさせてあげたい。

「ハムはお皿に小麦粉とお水を入れてまぜまぜしてね。その中に卵を入れるから、リリはポッポに言って卵をもらってきて」

「はーい！」

私はその間に野菜を細かくして、野菜たっぷりお好み焼きの準備をする。

チヂミみたいになりそうだけど、野菜たっぷりで美味しいから問題ないよね。

「マミさん、私達も見ていていいかしら？」

「簡単なお好み焼きですけど、いいですか？」

「いつも何を食べているのか気になってたのよ。そうめんも美味しかったからね」

主婦達も参加してみんなでお好み焼きを作ることになった。

「卵持ってきたよ」

リリとポッポがやってきたので、これで材料の準備はできた。

「小麦粉に水と卵を入れてかき混ぜます。そこに野菜を入れて焼いたら完成ですね」

「そんなに簡単で美味しいのかしら？」

実際お好み焼きって簡単な料理だ。

ただ具材を混ぜて焼くだけの工程しかない。

「簡単だけど美味しいですよ。卵黄は生地を柔らかくして口当たりをよくします。キャベツは火にかけると甘くなるんです」

「本当にマミさんは物知りだね」

お好み焼きは私が小さい頃から作っていた得意料理だ。

忙しい父に代わって作り、母と一緒に食べた思い出の味でもある。

「あとはソースが大事なんですけど、醤油と砂糖と秘密の調味料を入れますね」

照り焼きソース味にするには本当は酒やみりんも入れたいが、料理に使えるものが存在しない。

そのため、醤油と砂糖、余っているケチャップを少量入れることにした。

みんなケチャップの作り方を教えてほしそうにしていたが、今回は教えるつもりはない。

マヨネーズと比べれば危ないものではないが、作り方を教えるのも慎重にならないといけないことを学んだ。

「これを焼いたお好み焼きにかけて、マヨネーズもかけたら完成です！」

普通のお好み焼きとは少し味は違うものの、見た目は鰹節と青のりがないだけの本格的なお好み焼きに見えるだろう。

「できましたよ」

子ども達もお腹が減ったのか台所に集まってくる。

生徒達が寝ている部屋に行き、聖愛とバッカアを呼ぶ。

「わぁー、お好み焼きだー！」

「マミイモのメシだー！」

二人とも目を輝かせてお好み焼きを見ていた。

「しぇんしぇーい！」

「お腹減ったよー！」

子ども達はお好み焼きを目の前にして、我慢ができないようだね。

香ばしい匂いが部屋いっぱいに広がっている。

「じゃあ、手を合わせて」

「あわしぇました」

「えっ？」

聖愛は驚きながらも慣れたように手を合わせる。

「なっ……なんだ？」

「こうやって合わせるの！」

「おっ、そうか！」

一方、バッカアはどうしたらいいのかわからず、クロに教えてもらっていた。

「いただきます！」

みんなで食事の前の挨拶をしたら、子ども達はすぐに食べ始めた。

「うんまあー！」

「おいちー！」

子ども達は手が止まらずにバクバクと食べていく。

口周りはソースでベタベタになっている。

「マミイモは天才だな！」

バッカアも負けじと食べていた。

みんなの口に合ってよかった。

「美味しいですか？」

聖愛の方を振り返ると彼女の手は震えていた。

ポタポタと溢れ出る涙がお皿の上に落ちていく。

「はい」

自分で作らない限り、日本で食べていたものはもう食べることができない。

高校生が突然知らない世界に来て、大変だったことは想像できる。

きっと懐かしい故郷の味にふれ、元いた世界に帰りたくなったのだろう。

私も帰りたくないわけではない。

ただ、ここで生きる覚悟はもうできている。

彼女には両親や大事な人もきっといるだろう。

お別れもしないままこっちの世界に来て、辛かっただろうね。

「ゆっくりでいいからね」

「はい」

その後も聖愛は涙を流しながらお好み焼きを食べていた。


「おい、なんで俺達の分はないんだ？」

「そうよ。聖女だけずるいわよ」

様子を見るために戻ると、生徒達はまたわがままを言っている。

本当にこの人達は何がしたいのだろうか。

「今の状態で食べたらまた症状が出ますよ？」

「えっ……」

少しお腹が空いたからって、今お好み焼きを食べると嘔吐するのは目に見えている。

そんなに元気なのに、いつまでここにいるつもりだろうか。

「あなた達の呪いはだいぶ治っているので、帰ってゆっくり休んでくださいね」

呪いが治ったと言われて、みんなホッとした顔をした。

これだけ小さな病気でもこの世界では命取りになる。内心では恐れていたのだろう。

「ただ、しばらくはご飯を食べるのは禁止です。症状が強く出てきた場合はまたすぐに来てください」

最初の態度とは打って変わって、みんな素直に頷いて聞いている。

「あとしばらくは水分をしっかりとって休んでくださいね」

経口補水液を全員に渡すと、みんな学園の方に帰っていく。

足取りもゾンビのような人は誰一人おらず、どうにか歩いて帰れるレベルだ。

「色々とありがとうございました。この間のことも申し訳ありません」

そんな中、グシャ公爵令嬢のみが私にお礼を伝えてきた。

きっと元々の性格はいい子なんだろうね。

「はぁん!?　この間のことってなんだ！」

「ひぃ！」

隣にバッカアがいるのも影響しているのだろう。

なんかこの光景を見ていると、だんだんと可哀想に見えてくる。

「せっかく妹がいるのにいじめたらだめですよ」

私は一人っ子だったから、妹がいるってだけで少し羨《うらや》ましく思ってしまう。

バッカアも過激な兄というだけで、妹を嫌っているわけではないだろう。

すると、私の言葉を聞いたグシャ公爵令嬢は目をキラキラさせて私の手を握ってきた。

「マミイモさん……ぜひ私のお姉様になってください！」

「へっ……？」

一体どういう状況だろうか。

相変わらず意味のわからない状況に困惑する。

さすが兄妹、行動の意味不明さはそっくりだ。

「義姉様か。ははは、仲よくすることはいいことだからな」

バッカアは絶対何か勘違いしている。

仲よくするべきなのはあなた達兄妹ですよ。

「そろそろ暗くなるので気をつけてくださいね」

とりあえず答えは出さずに微笑んで早く帰るように促した。

あの兄妹と関わると体力がゴッソリ削られる。

すでにクタクタな状態だ。

「マミさん、私もまた来てもいいですか？」

「ええ、聖愛さんなら大歓迎です」

同じ世界からきた聖愛となら仲よくできるだろう。

彼女は今、学園にある寮で暮らしているらしい。

「アルヴィンさんにもまた会いたいですと伝えておいてください」

そう言って聖愛も帰っていく。

「アルヴィンに会いたい……？」

少しだけ聖愛の言葉が私の中で引っかかった。


生徒達が帰り、空が赤く染まった夕暮れ時に街の鐘が大きく鳴り響く。

「マミさん、魔物の討伐が終わりましたよ！」

主婦の一人によれば、どうやら魔物の討伐が終わったのを知らせる鐘の合図らしい。

例年は数日かかると聞いていたが、今回は一日で終わったということになる。

孤児院で治療を受けていた人達も必死に体を起こして、街と外との境目である門へ向かって歩いていく。

「今から何かあるの？」

「んー、私達も行ってみようか」

子ども達を引き連れて同じようについていくと、大きく門が開いた。

それと同時に街の中に歓声が広がる。

「これって何をやってるんですか？」

「ああ、冒険者達が帰ってくるんだよ！　それをみんなで迎えるんだ」

私は目を凝らして見ていると、アルヴィンとレナードの姿が見えた。

「俺の方が魔物を倒したし生徒を救ったぞ」

「証拠はどこにあるんだ？　私は氷漬けにしてあるからその辺に残っている」

「くっ……それを先に言わないとわからないだろ」

「頭を使わないアルヴィンが悪い」

遠くにいるのは見えるが、また二人は何か言い合いをしているようだ。

私達が手を振りながら見ているのに全く気づかずに過ぎていく。

「兄ちゃんもレナねえも気づいてないね」

「どうせ、喧嘩して私達のことなんて気にしていないのよ」

話に夢中になっているのだろう。

無事に帰ってきたことだけわかれば問題ない。

私達は子どもを連れて孤児院に帰ることにした。

◇

街に着いた俺はマミ先生や子ども達を捜した。

周囲を見渡すがここにはいないようだ。

きっと孤児院で呪いにかかっている人達の治療をしているのだろう。

「アルヴィン、ちょっと降りなさい」

声をかけてきたのはいつもアドバイスをくれる主婦達だった。

「あっ、はい！」

俺は言われた通りに馬から降りた。

ただ、みんなの顔は怒りに満ちていた。

俺は魔物を倒して帰ってきただけなのに、なぜみんなは怒っているんだ？

「なんでマミさんに気づかないのよ！　あなた達が言い合いしている間も手を振って迎えてくれていたわよ」

「えっ……」

レナードを見ると彼女も気づいていなかったようだ。

俺はレナードと言い合いをしていて、マミ先生の存在に気づかなかったのだ。

あの時はレナードとどっちがマミ先生から褒美をもらうか決めている最中だった。

「それに、貴族の生徒達がマミさんを脅して大変だったのよ。あなたがあの生徒達をよこしたんでしょう？」

「どういうことだ!?」

俺はいつも相談に乗ってくれる野菜屋の奥さんに詰め寄る。

「きゃ!?」

少し顔が赤い気もするが、今はマミ先生の話の方が重要だ。

「そのままの意味よ。貴族の生徒が獣人を差別するようなことをして、マミさんは子ども達を守るために治療するのを拒否したのよ。それに怒った貴族がマミさんに剣を向けて――」

――バン！

「クソッ！」

あまりにも自分が不甲斐なくて壁を強く叩いてしまった。

俺はマミ先生なら生徒達を治せると思っていた。

しかし、生徒達が真面目に治療を受ける保証があるわけではない。

それに獣人が差別されていることを知りながら、ちゃんとした配慮ができていなかった。

俺はレナードを置き去りにする勢いで、急いで孤児院に向かった。


「兄ちゃんもお好み焼き食べるかな？」

「アルヴィンさんとレナードさんの分も作らないといけないね」

必死に孤児院へ向かう途中で、マミ先生と子ども達の後ろ姿が見えた。

「マミ先生！」

俺は彼女の名前を叫んだ。

振り返った彼女の顔は夕日で赤く染まり、泣き腫《は》らした後のようにも見えた。

彼女を泣かせてしまったのだろうか。

やはり、離れるべきではなかった。

「おかえり――」

「マミ先生、俺がずっと一緒にいる！」

「へっ……？」

マミ先生は不思議そうな顔で俺を見上げた。

ちゃんと聞こえなかったのだろうか。

「俺がずっと一緒にいると言った」

「オレもママ先生とずっと一緒にいるよ！」

「オイラも一緒！」

「キキも！」

「ハムも！」

「ポッポぽっ！」

あれ？

みんなしてマミ先生と楽しそうに話しているぞ。

「ふふふ、みんなで一緒に帰りましょうか。アルヴィンさんとレナードさんも行きますよ」

気持ちを伝えたはずなのに、伝わっていない気がする。

これはどういう状況だろうか。

「マミ先生は相変わらず鉄壁な女性だな」

いつのまにか追いついていたレナードは俺の肩を叩いて、みんなのもとへ駆け寄っていった。

◇

孤児院に戻ると普段と同じ日常が――

戻るわけではなかった。

「あー、もうみなさん無理して歩き回らないでくださいよ！」

「夫と息子がすみません」

「私のところも――」

必死に冒険者の凱旋を見に行ったことで、患者の何人かは症状が再び出ていた。

学園の生徒達はすぐに治ったのに、ここにいる人達だけ治りにくいのは食べた量の違いなんだろうか。

その辺のことを明確にしておかないと、今後の治療にも大きく関わってきそうだね。

「マミ先生、何か手伝うことはあるか？」

アルヴィンもこの状況を見て、手伝おうとしてくれている。

ただ、彼らも今まで魔物と命懸けで戦っていたから疲れているはず。

彼らも休ませる必要があった。

「今は大丈夫ですよ。しっかり休んでください」

そう伝えるとアルヴィンは悲しそうな顔をしていた。

「やっぱり俺のせいだろ？　だから遠ざけようとしてるのか」

ん？

また、この人は思い違いをしているような気がする。

さっきも〝ずっと一緒にいる〟と告白みたいなことをされた。

あんなに大きな声で言われたら、聞こえないふりもできない。

恥ずかしくて目を逸らそうとしたら、クロが助け舟を出してくれた。

さすがクロはわかっているね。

「俺がマミ先生の隣にいなかったから、辛い思いをさせ――」

「アルヴィンさん、ちょっと待ってください！」

「はい」

何を勘違いしているのかわからないが、話し合った方がよさそうな気がした。

「アルヴィンさんはどうしてそう思ったんですか？」

「いや、みんなからマミ先生が学園の生徒達に嫌な思いをさせられたと聞いて……」

私が主婦達の方へ振り向くと、みんな顔を背けている。

ああ、また何かアルヴィンに吹き込んだのだろう。

間違ったことは言ってないが、まさかすでに情報が伝わっているとは思わなかった。

「俺が勝手なことをしてすまない」

今のアルヴィンは感情をコントロールできない子どものようだ。

「アルヴィンさん、部屋を見てください」

そう伝えると、アルヴィンは周囲を見渡した。

「ここにアルヴィンさんが助けた生徒達はいますか？」

「いない。けどそれは、治療を拒んで帰っただけじゃ――」

「危ない目に遭ったのは確かですけど、クロが助けてくれたし、相手にも謝ってもらいましたよ？」

「えっ……」

私の言葉にアルヴィンは驚いた表情をしていた。

「ちゃんと治療を終えて、みなさん無事に帰っていきました。病気だったのが嘘みたいにピンピンして、少し面白かったぐらいです」

実際はほぼバッカアの脅しでどうにかなったんだけどね。

アルヴィンは私を危ない目に遭わせたことを後悔しているのだろうが、そこまで気に病むほどではない。

「だからアルヴィンさんは気にしなくても大丈夫ですよ。むしろ、その場ですぐに判断していただきありがとうございました」

私の言葉を聞いてホッとしたのだろう。

普段の無表情なアルヴィンに戻っていた。

でも、みんなが見ているこの場で、また何をやらかすかわからない。

「お好み焼きを作って持っていくので、今日はゆっくり休んでくださいね」

強制的にアルヴィンの体の向きを変えて押す。

「そういえば、アルヴィンさんとレナードさんどちらが多く魔物を倒したの？」

「そうよね。たくさんの魔物を倒したのにご褒美がないのも可哀想になってくるわね」

何も起きずに終わるはずだったのに、主婦達の言葉にアルヴィンはくるりと向きを変える。

あの人達って味方なのか敵なのかどっちなのよ！

絶対にドラマを見ている感覚で言っているに違いない。

「マミ先生、褒美をくれ」

さっきまでしょんぼりして落ち込んでいたのに、無表情になった途端に真顔で私を見つめてくる。

そんなに見つめられると、こっちまでドキドキしてしまう。

「マミさん、さっき言ったやつですよ」

「えっ⁉　あれをするんですか！」

実は、ご飯を作っている間に、騎士へのご褒美という名の報酬として、何をすればいいのかみんなに聞いてみたのだ。

本当にあれをやらないといけないのだろうか。

「マミさん頑張って！」

「ママ先生頑張って！」

「しぇんしぇいがんばってえ？」

なぜか応援コールが鳴り止まない。

こんなところでやる羽目になるとは……

「アルヴィンさん、座ってください」

「はい」

アルヴィンは言われた通りに片膝立ちになる。

ゆっくりと近寄りアルヴィンの前に立つ。

「お疲れ様です」

私はアルヴィンの額にキスをした。

「えっ……」

さっと離れると、アルヴィンは驚いた表情をしていた。

目をぱちくりさせて、まるで鳩が豆鉄砲を食らったような顔だ。

ポッポと並んだらそっくりだろう。

「お好み焼き作ってきます！」

私は恥ずかしさのあまり急いで部屋から出て台所に向かった。

キスをすればいいと言われていたけれど、本当は手の甲にお礼のキスをすればよかったと後から思い返してもっと恥ずかしくなったのは内緒だ。

第十一章　ママ聖女、彼女が手に入れたもの

「だんだんと寒くなってきたね」

魔物の暴走から数日が経つと風は冷たくなり、日が暮れるのが早くなってきた。

この世界に来て初めての冬が近づいてきている。

「ママ先生、ぎゅーする？」

「オイラもしようか？」

「キキのふかふかな尻尾いる？」

「ならみんなに温めてもらおうかな」

私は寒さに弱いため、すでにこの冬が乗り越えられるか心配になってきた。

そんな私を見て子ども達が頻繁に温めてくれる。

子どもの体温って大人よりも高いし、獣人だからかすごく温かく感じる。

それにキキみたいにふかふかな尻尾がある子は、私に絡ませてくれるからすごく心地いい。

「ひひひ、くすぐったいよ」

尻尾も感覚がしっかりあるのか、もふもふするとキキは笑っている。

それでも私の体から尻尾を解かないのは、もふもふされるのが好きなんだろう。

「オレのもあるよ？」

「オイラももふもふは少ないけど」

他の子達も猫じゃらしのように、尻尾をふりふりしてくる。

「ハムは尻尾ないから……」

「リリはまだうまく動かせない……」

長い尻尾がないハムはその場でモジモジしているし、リリは自分で尻尾を持って私に押し付けてくる。

「あー、もうみんな可愛いよ」

そんな子ども達にたくさんハグをする。

尻尾やもふもふがなくても、子ども達は全員可愛い。

親バカかと思われるが、本当によくできたいい子達ばかりで、私の方が離れられないでいる。

「寒いなら俺が温めようか？」

「いや、それはやめておきます」

それに紛れてアルヴィンも近づいてくるが、ちゃんとお見通しだ。

若干セクハラ発言になるけど気づいているのかな？

あれからアルヴィンは度々好意を伝えるようになってきた。

本当に私のことを大事に思っているのが伝わってくる。

ただ、それが恋なのかと言われたらわからない。

一度も好きと言われたこともないし、今となっては家族のように接せられている感じもする。

小さなことで感情が毎日揺さぶられてしまうため、一度蓋をしないと仕事に集中できない。

そうでもしないと自分を見失うような気がした。

そもそも今は恋愛をしている余裕もない。

今後の冬に向けて、しっかり対策しないと生きていけないだろう。

それぐらいすでに寒いのだ。

「レナードさんは寒くないんですか？」

「私は魔力の影響なのか、寒さには強いんですよね」

レナードは氷属性魔法が使える影響か、寒さを人よりも感じにくいらしい。

私なんて服を何枚も重ね着していても寒くて凍えているのに。

なんと便利な体なのか。

その理屈で言えば私は治癒力が高いのかと思ったけど、怪我をしたこともないからわからないや。

「このままだとマミ先生が凍えてしまいそうですね」

「これでまだ冬になってないって、これからどうなるんですか？」

「んー、冬は雪に覆われる日もあるので外に出られなくなりますね」

きっと例えるなら北海道のような気候なんだろう。

換気ができなくて呪いという名の風邪が流行るのもわかる気がしてきた。

「テバサキの羽がたくさんあったらいいのにな」

『クッ……クウェ⁉』

テバサキの羽を使えば羽毛布団やダウンも作れそうな気がする。

ふわぁふわぁだからきっと温かいだろう。

そんなことを思いながらテバサキを見つめていると、手足をバタバタと動かしていた。

『クウエエエェェェ！』

テバサキは自分で羽を引き抜いて手渡してきたのだ。

ただ、少し痛いのか一本抜いただけでぐったりとしている。

気軽に言ったのが間違いだった。

「抜かなくてもいいよ。でもありがとう」

お礼を伝えてテバサキの頭を撫でる。

テバサキも嬉しそうに大きく羽を広げている。

私はそこの間に体を忍び込ませて、大きく広げた羽にすっぽりと入った。

子ども達も一緒についてくると羽に優しく包まれる。

まるでコタツでぬくぬくしている気分だ。

この冬は私にとって命懸けの時期になるだろう。

寒さで疲れた私は少し昼寝をすることにした。


「マミイモいるかー！」

テバサキに包まれて休憩していると、バッカアが久しぶりにやってきた。

「バッカアさんどうしましたか？」

「ムッ⁉　俺のことは――」

「バカさんですね」

「それでよし！」

バッカアはバカと呼ばれて嬉しいのか、仁王立ちで腕組みをしながら喜んでいる。

この人も愛称で呼ぶようになってから、距離が近づいてきた一人だ。

バッカアはイケメンだけど、色んな意味で目を離せないバカな弟ができたような感覚に近い。

「なぁ、俺もその中に入っていいか？」

「なら私が出ますね」

正直出たくはないが容量的に無理だろう。

バッカアもアルヴィン達と一緒で体が大きいからね。

みんなに囲まれたら、私は巨人族に誘拐されている子どものように見えるかもしれない。

「お前は自分の魔法で燃え尽きればいい」

近づいてきたバッカアを、アルヴィンが引き留めた。

「なぁ⁉　俺もあの中に入ってみたいんだよ！」

「それなら他の魔物を連れてこい」

バッカアは単純にテバサキの羽の中が気になっているようだ。

傍から見たらテバサキの体から人の頭が生えているように見えるらしい。

ちびっこ達が入ってみたら、まるまるの羽の塊にたくさんの頭が生えていた。

そして一度出た私も、あまりの寒さに再びテバサキの中に戻る。

「あっ、マミイモに会いに来た理由を忘れていた！」

「何かあったんですか？」

「あの逃げた男が殿下殺人未遂の容疑で追われることになった」

ほとんど事故みたいなものだが、牧場の管理をしていたおじさんが逃げ出したため、故意に行《おこな》ったと判断されたようだ。

ところが彼はこの国から出ていったのか、一向に見つからないらしい。

「殿下や他の人達の体調はどうですか？」

「ああ、それは問題ないぞ」

みんなが無事だとわかったら一安心だ。

サルモネラ感染症って重篤になったら命に関わるからね。

街の人達も普段の生活が送れるまで回復したため、もう心配することはない。

だが、バッカアは少し深刻そうな顔をしていた。

「それであのおじさんが手懐けていた魔物を処分することになったから話しに来たんだが……」

「えっ？」

『クウェ!?』

びっくりしたのはテバサキも同じだった。

中にはひょっとしたらテバサキの家族や友達がいるかもしれない。

「なぜ処分することになったんですか？」

「あいつらは魔物だから管理ができないなら処分するしか……あっ、マミイモが飼えないか？」

一瞬、その考えが私の頭にもよぎった。

テバサキもこの孤児院で馴染んで生活しているため、他の子達もいけるのではないかと思った。

テバサキもそう思ったのか、私の顔をチラチラと見ている。

ただ、唯一の問題は孤児院が狭いということだ。

庭があったとしても、みんながのびのび生活するだけの場所は確保できない。

それに庭は家庭菜園をする場所になっているため、ハムやリリ、ラビの仕事を奪ってしまうことになる。

「あっ、それならいい考えがある。俺に任せてもらえるか？」

アルヴィンが手を挙げた。

「きっと孤児院で一緒に生活することはできる。しばらく待っててくれ」

私にはどうすることもできないため、後のことはアルヴィンに任せることにした。

「一旦みんなに会いに行ってみる？」

『クウェ！』

テバサキに確認すると、みんなの様子が気になるようだ。

「オレも行きたい！」

「キキも！」

子ども達は行ったことがないため、どんなところか気になるのだろう。

「じゃあ、みんなで会いに行きましょうか」

テバサキから出るのは寒いが、ひょっこりと飛び出していく。

「なんか不気味だな」

「ええ、魔物から人間が飛び出しているからね」

やっぱり外はとても寒かった。

しっかりとみんなで手を繋いで、子ども達とともに住宅街に向かう。

「なんでオレがバカ兄ちゃんと手を繋がないといけないの？」

「それは俺が頼られているからだな」

「オレは何もしないよ？」

「さっきも子どもは何かに巻き込まれやすいからってマミイモが言っていたぞ？」

「ふーん、そういうことね」

「ん？　どういうことだ？」

いざ向かおうと思ったタイミングでバッカアも何か手伝うことがないかと聞いてきた。

最初は断っていたけど、どうしても手伝わせないとめんどくさそうな雰囲気を醸し出していたからね。

相手はバカだけど王族の血を引く貴族だ。

だから子ども達にバッカアの引率を手伝ってもらうことにした。

大人三人で十五人近い子ども達とバッカアの面倒を見るのでは目が届きにくい。

だから、クロにバッカアを頼んだのだ。

ちゃんと説明しなくても伝わるクロはさすが子ども達のリーダー。

バッカアがどこかに行かないように、クロが率先して手を引っ張っている。

バッカアからしたらそんなに早く行きたいのかぐらいにしか思っていないのだろう。

管理されているのは君だからなと本人に言いたい。

「しぇんしぇい、お家が小さいね」

「みんな家族が少ないからね」

ちびっこ達は住宅街にある家と孤児院を比べていた。

それでも家が小さめなのは、貧富の差を物語っている。

商店街を歩いていた時も思ったが、寒くなってきたこの状況でも街の人達は薄着で過ごしていた。

一方、バッカアはちゃんとコートを着ている。

その上着一枚を買えるか買えないかで、冬の生活方法もだいぶ変わるのだろう。

「アルにいのお家も大きかったね」

ロジャーズ公爵家の屋敷に泊まった時は迷子になるぐらいだった。

一般的な家があれぐらい大きいと勘違いしていたのだろう。

「領地に戻るともっと大きな家があるぞ？」

アルヴィンの言葉にちびっこ達は目を輝かせている。

「隠れんぼできる？」

「部屋がたくさんあるから、むしろ捜せないかもしれないな」

「いいなー！」

子ども達もやはり大きな家に憧れているのだろう。

しかし、生活は安定してきたが、大きな家を建てるだけの財力は私にはない。

「なら暖かくなったらみんなで帰るぞ。母上も知っているから、きっと喜ぶだろう」

「いいのー？」

「ああ！　また楽しみができたな！」

アルヴィンもだんだん子ども達の扱い方にも慣れてきたのだろう。

本当に彼はいい父親になりそうだ。

それにしても、アルヴィンが子ども達のことを母親にも伝えていることに驚いた。

宰相である父親とはどことなく距離を感じたが、家族仲は悪くないようだ。

「えー、俺も行きたいなー」

「いやいや、さすがにグシャ公爵家の人間が我が家に来たら少し問題になるだろう」

「なんでだ？」

「はぁー、あなたは本当にバカだね」

「ああ、俺はバカだからな」

レナードにバカと言われてバッカアは愛称で呼ばれたと思っているのだろう。

「私達貴族には派閥があるでしょ？　グシャ公爵家は伝統を守る王族派で、ロジャーズ公爵家は中立寄りの進歩派だからよ」

どうやらレナードの話では、今の国をそのまま守っていこうとする派閥と新しいものを取り込もうとする派閥で分かれているらしい。

貴族の中でも獣人をすぐに受け入れられた人とそうではない人がいるが、派閥も関係しているのだろう。

そう思うと派閥も違うのに、宰相になったアルヴィンの父親は相当実力がある人なんだろうな。

「俺はどっちでも気にしないけどな」

「だからバカなんだろうね」

さっきからレナードがバッカアのことを〝バカ〟と連呼しているが、それは問題ないのだろうか。

「そろそろ着きそうですね」

そんな話をしていたら、牧場が見えてきた。

ただ、以前来た時よりも静かで牛や鶏の姿が見えない。

子ども達も牛や鶏が見えると期待していたから残念そうだ。

『クウエエエェェェ！』

異変を感じたテバサキは声を出しながらすぐに駆け寄っていく。

何か問題でも起きたのだろうか。

「みんなが危ないって言ってるぽっ」

やはりポッポはテバサキの言っていることが理解できていた。

急いで私達はテバサキの後を追いかけた。

急いで牧場に行くと、テバサキは何やら羽をバタバタと羽ばたかせて何かしているようだ。

「おいおい、こいつはなんだ！」

「新しい魔物が出てきたのか!?」

そこには学園の制服を着た生徒が数人いた。

バッカアはクロを抱きかかえてすぐに駆け寄る。

私達はどうしても子ども数人と手を繋いでいるため、急いで走っても遅い。

いや、そもそも私の足が子ども達より遅いのが問題だろう。

「おいおい、お前らは殺されたいのか？」

「ヒイィ!?」

生徒達はバッカアの存在に気づくと驚いた表情をしていた。

さすがにバッカアには逆らえないのか、手に持っていた剣をすぐに手放している。

追いついた私達はテバサキに近寄ると、そこに広がる光景に驚いた。

「みんな生きてる？」

牛や鶏は血だらけでその場に倒れていた。

なんとか息をしているけど、みんなぐったりとしている。

「おい、お前ら一体どういうことだ？」

本来温厚な牧場の魔物達が人間を襲うということは、何か理由があるに違いない。

魔物をよく知っているアルヴィンやレナードも同じことを思っている。

「俺らは悪くない。悪いのはこの魔物を管理できないここの管理人だろ」

それは逃げたおじさんのことを言っているのだろうか。

「それがなんだ？　今ここは一時的に国が管理することになっているはずだが？」

「どういうことだ？　俺らはただ言われて来ただけだ！」

どうやら彼らも詳しいことは知らないようだ。

「レナードさんは、彼らの話を聞いてあげてください！　アルヴィンさんは私を手伝ってください」

それよりも今は牛や鶏の救命の方が大事だろう。

「マミイモ、俺は——」

何をすればいいのかと言いたげなバッカアに、私はため息を吐く。

「はいはい、バカも話を聞いてきて」

「わかった！」

こんな時でもバッカアはいつものバカだ。

一時的に国が管理することになった魔物に問題が起きたってなると、めんどくさいことになるような気がしてきた。

マヨネーズに苦しめられたのは様々な人だが、一番の被害者は私や孤児院だからね。

初めに怪しまれるのは誰か言わなくてもわかってしまうぐらいだ。

「アルヴィンさんは血を洗い流してもらってもいいですか？」

さすがに動物でも直接血液に触れるのは抵抗感がある。

場合によっては感染症をもたらす動物もいる。

魔物がどういう菌を保有しているかはわからないが、注意して損はないだろう。

『グオオオン！』

『グウエエエエ！』

近づく私達に、魔物達は聞いたこともないおたけびのような声で威嚇してくる。

「私のことは覚えているかな？」

『ンモォ？』

牛は私に視線を合わせるとゆっくりと頭を地面に置いた。

その動きに合わせるようにみんな威嚇をしなくなった。

どうやら私が誰かを理解したのだろう。

顔を上げるのがやっとだったのか、その後は地面に頭を置いたままだ。

「今から治療するからね」

私の言葉に反応することもなく、ただじっとしている。

ほとんどが切り傷のため、血小板のみを活性化させるだけでよさそうだ。

きっと動物でも同じ哺乳類である哺乳動物なら、赤血球、白血球、血小板、血漿《けっしょう》といった基本的な血液成分は変わらないはずだ。

多少、形や構成成分、種類が違ったとしても凝固因子のある成分が一緒なら問題はない。

回復属性魔法をかけるとすぐに傷の修復が始まった。

今は皮膚を元に戻すために魔力を使っている余裕はないため、まずは止血を優先する。

どれだけ私の魔力を消費するかはわからない。

「アルヴィンさん、次に行きます」

「ああ！」

次から次へと水属性魔法で血を流しては止血していく。

それを繰り返していくと、全ての牛や鶏の血を止めることができた。

ただ、その場で倒れたままで動く気配がない。

「血が出すぎたのかな？」

キキも心配して牛や鶏を撫でている。

確かに息はしているが死にかけに近い。

「テバサキが魔力不足って言ってるぽっ」

「魔力？」

ポッポは私にそんなアドバイスをくれた。

どうやら魔力を含む魔物の治療方法は少し異なっているようだ。

「魔物って人間と構造が違うんですか？」

魔物について何も知らない私は、アルヴィン達に助けを求めた。

「魔物は人と違って魔力がなくなったら生きていけないんだ」

「それってどういうことですか？」

「魔物には魔力を回復させる機能が備わっていないんです」

魔力を一定以上失うと、体が無事でも死んでしまうらしい。

人間も魔力がなくなれば命を落とすこともある。

それは私も実際に体験して、死ぬ直前でこの世界に戻ってきた。

ただ、その影響で前よりは自分の魔力を認識しやすくなったし、回復属性魔法がたくさん使えるようになった。

筋肉は鍛えられて筋線維が損傷すると、元の状態よりも強くなって超回復する。

それと同じで魔力も使いすぎると、前よりも容量が多くなって超回復する。

ただ、魔物はそれができずにそのまま死んでしまう。

「それなら、なぜ魔法を使っていないのに魔力が流れるんですか？」

「ん？　言われてみたら謎ですね」

「俺もそれは聞いたことないな」

「こいつらは魔法を使ったのか？」

バッカアは生徒に聞くが、彼らは首を横に振っていた。

そうなると魔物から自然に魔力が流れて出ていることになる。

「流れ出る……ひょっとして血液の中に魔力成分があるのかな」

「どういうことですか？」

「例えばですが、人間には魔力を貯蔵するところが心臓以外の別のところにあるとします。ただ、魔物はそれが一緒になっているんです」

人間には心臓とは別に魔力を循環させる臓器がある。

しかし、魔物の心臓は魔力を貯蔵して、それを循環させる働きもあるとすれば納得がいく。

「ママ先生、それって魔物にとっては血液と魔力が一緒みたいなものだから、血と一緒に垂れ流れて魔力が足りなくなったってこと？」

「キキは天才だね」

キキを褒めると嬉しそうに笑っていた。

ここにいる大人達よりもキキの方が頭はよさそうだ。

バッカアなんて考えることすら拒否している。

「ということは、より造血作用を高めればいいのかな？　造血作用があるのは――」

「骨髄《こつずい》！」

私とキキの声は被った。

教えることがなくなったキキに医療の勉強をさせていたが、ここまで知識が繋がるとは私も思ってはいなかった。

「ママ先生、早く骨髄に魔法をかけてみてよ」

「んー、骨髄って言ってもそれがある場所が少ないからどうしようか」

キキはキラキラした瞳で訴えてくるが、骨髄のうち造血作用がある赤色《せきしょく》骨髄は、大人になると脂肪化して黄色《おうしょく》骨髄になってしまう。

人間だと最終的には胸や背中の骨とかにしか残っていない。

魔物の赤色骨髄がどこにあるのかわからない状態では、ただ魔力を消費して血液が作り切れない気がする。

「それならエリスロポエチンを活性化させればいいのか！」

私は体の中の腎臓に的を絞った。

腎臓は主に血液を濾過《ろか》して、尿を作る臓器だ。

他にも血圧を調整するなど、血液に関わることをしている。

その中にあるエリスロポエチンというホルモンには、骨髄内の赤血球を作る細胞を増やす働きがあったはず。

以前から魔力は何かと似ていると思っていたが、〝酸素〟に似ていた。
赤血球は酸素を体の中に運んでいる。
その赤血球がひょっとしたら魔力も一緒に運んでいるのではないか。
早速腎臓に向かって回復属性魔法をかける。
狙いは〝エリスロポエチン〟だ。
『ンモォー』
私の予想は見事に的中した。
さっきまでぐったりしていた牛が、目を開けて鳴いた。
治療方法がわかったら、あとは同じことを何度も繰り返すだけだ。
私は牛や鶏のエリスロポエチンを応援し続けた。
「エリちゃんがんばれ！」
「エリちゃあーん！」
気づいた時にはエリスロポエチンを〝エリちゃん〟と名付けて呼んでいた。
キキも一緒になって応援している。
「マミ先生！」
治療があと少しで終わるというタイミングで、アルヴィンに手首を掴まれた。

「アルヴィンさんどうしました？」

「それ以上は命が危険だ」

「えっ……？」

どうやら今回も治療するのに集中しすぎて、自分の限界を忘れてしまったようだ。

「ありがとうございます。これで終わりなので大丈夫ですよ」

治療が終わった私は勢いよく立ち上がろうとしたが、力が全く入らなかった。

「あっ……」

「ほら言っただろ」

ずっと座りながらの治療はこれからも気をつけた方がいいだろう。

だって……

動きたいのに力が入らずに、アルヴィンの腕に抱かれたままになってしまったからだ。


「あのー、そろそろ離してもらってもいいですか？」

「いや、まだ動けないぞ」

あれからしばらく経っても私はアルヴィンの腕の中にいた。

周りからの視線が刺さって少し辛くなってきた。

「やっぱりマミイモってすごいな！」

「俺も感動しちゃいました！　あんなことしてすみませんでした」

「すみませんでした！」

そして、なぜか生徒達からは反省の言葉と熱い眼差しを向けられる。

彼らはマヨネーズを食べて私に治療してもらった生徒達だった。

校外学習で魔物を討伐できずに、成果を上げられなかった人は、ある者に声をかけられてここに来たらしい。

本来は校外学習を通して来年のクラスが決められるそうだが、今回マヨネーズに当たった生徒は満足に活躍できなかった。

いいクラスに入れそうにないと困っていたところ、魔物を討伐した証拠を提出すれば大丈夫だと牧場に来るように唆《そそのか》されたとのことだった。

そして、ある者の正体とは、学園に通うこの国の王子だった。

バッカアが脅していたから、嘘を言っている様子もない。

「殿下には俺からも聞いてみる」

「バカさんお願いします」

「ああ！」

バカと言っているのに、満面の笑みを向けてくるバッカアにどこか胸が痛くなる。

ちなみに、彼らが来た時には、ほとんどの牛や鶏が倒れている状況だったそうだ。

現にテバサキを見た時に驚いていたし、剣には血が付着していなかった。

おそらく彼らが言っていることは偽りではない。

「君達もこういうことは絶対にしないようにね」

「はい！」

生徒達にはここに魔物がいないという噂を広めてもらうことにした。

「それで提案なんですが、この子達を孤児院に連れて帰ってもいいですか？」

いくら噂を広めてもらっても、彼らがこのままここにいたら、知らない生徒がまた襲いに来るだろう。

その光景を想像すると胸が苦しくなる。

せっかく助けた命だ。

また被害に遭うなら、孤児院に連れていった方がいいだろう。

まだ庭には彼らの住む場所はないが、そんなことは後でどうにかなる。

「俺は大丈夫だが、子ども達が――」

「オレが運べばいい？」

「オイラも手伝うよ！」

「二人で牛さん連れてくのが限界でしゅ」

子ども達はみんなで牛と鶏を運び出した。

その中にはハムやリリ、ラビの姿もあった。

「畑は大丈夫なの？　場所が狭くなっちゃうけど……」

「みんなの命の方が大事だよ？」

「うん！　それに牛の糞は土の栄養になるって聞いたもん」

「寒いから畑もおやすみだもんね」

子ども達の優しさについ目頭が熱くなる。

「にひひ、オレは家族が増える方が嬉しいな」

「今度はオイラも名前つけるもん！」

「ポッポもポッポポポとポッポポポポにするぽっ」

「それじゃあ、誰を呼んでいるのかわからなくなるよ？」

自分のことよりも他のことを優先して考える姿に、つい涙が出てしまう。

本当にいい子に成長した。

「マミ先生、泣いているのか？」

「えっ!?」

アルヴィンにデリカシーがないせいで、子ども達にも気づかれてしまった。

「また兄ちゃんが泣かしたの？」

「そろそろ先生に嫌われるよ」

「アルにいごめんねは？」

なぜかアルヴィンに詰め寄る子ども達。

「すまない」

タジタジしたアルヴィンは申し訳なさそうに私に謝ってきた。

厳密には彼に泣かされたわけではないけれど、ばらされたことへの謝罪として受け取っておこう。

「気にしてないですよ。寒くなるから早く帰りましょうか」

「ああ、今度は俺が暖める」

「いや……」

「俺に任せてくれ！」

その勢いについ押し切られ、私はアルヴィンに抱きかかえられたまま孤児院まで帰ることになった。

終章　ママ聖女、幸せを感じる

「なんかえらい行列だな」

「テバサキの家族だぽっ！」

しばらくしたら鶏や牛達も自力で歩けるようになった。

商店街を歩く姿はもふもふ達の大パレードのように見えるのだろう。

「この間のアル兄とレナ姉みたいだね」

「へへへ！」

子ども達は嬉しそうに商店街の人達に手を振っている。

みんないつのまにか仲よくなったもんね。

「あら、マミさんったら！」

遠くから主婦達が楽しそうにニヤニヤと笑っている。

きっとアルヴィンに抱えられている私のことをからかっているのだろう。

見上げると、アルヴィンも嬉しそうに笑っていた。

「そろそろ恥ずかしいので下ろして——」

「まだ動けないだろ」

アルヴィンは無表情になると、静かに呟いて再び前を向いて歩いている。

これは孤児院へ帰るまでこのままなんだろうな。

「だいぶ変わったな」

「何がですか？」

「いや、街が賑やかになった」

周囲を見渡すと、色々な人達が話している。

「私も子どもを持つことを考えようかしら」

「なっ⁉　俺は今すぐにでもほしいぞ！」

「もう！　こんな時に言わないで！」

野菜屋の夫婦は孤児院の子ども達を見て微笑んでいた。

自分達は子どもをもう諦めたと聞いていたのに、うちの子達を見て考えを変えたらしい。

「おっ、女神様はまた動けなくなったのか？」

冒険者は麻の袋に大量に野菜を入れて運んでいる。

その後ろには奥さんと子どもが一緒に歩いていた。

「今日も旦那が買い物を手伝ってくれるのよ。マミさんのおかげだわ」

主婦も嬉しそうに子どもと手を繋いで買い物に来ている。

「ママ先生が来てから何もかも変わったな」

「そんなこと――」

私は周囲を見渡す。

言われてみたら確かにそうかもしれない。

この世界に来たばかりの時には、商店街にいる人達がこんなに夫婦揃って仲よくしている姿は想像もできなかっただろう。

「街の中が笑顔で溢れている」

「そうですね」

「もちろん俺もその一人だ」

「へっ⁉」

アルヴィンは私の顔を見てニヤリと笑った。

まだまだ笑い慣れていなくて無表情に近いが、アルヴィンなりに笑っているのだろう。

それを見て私の方がクスクスと笑ってしまう。

「ママ先生楽しそうだね」

「オイラもママ先生が来たから楽しいよ！」

「キキも毎日楽しい！」

「ハムは美味しいものをたくさん知ったよ！」

「リリはオイーブオイル作れた！」

「ポッポに友達ができたぽっ！」

『クゥエー！』

子ども達もアルヴィンを見習って色々と変わったことを伝えてくれる。

「全部ママ先生……いや、マミさんのおかげだ」

みんなは私がきっかけで変わったと言ってくれていた。

何もわからない異世界で助けてくれたのはアルヴィンや子ども達だ。

私はこの世界に来てたくさんのものをもらったと思っている。

この世界に来た時にあったのは、医療の知識と技術だけだった。

それなのに今ではこんなに大事なものを手に入れた。

私はアルヴィンに頼んで腕から降ろしてもらい、そのまま子ども達をギュッと抱きしめる。

「みんなありがとう」

私は小さな声でみんなにお礼を伝えた。

みんな耳がピクピクしていたから聞こえていたかな。
ふと、元の世界のことを思い出した。
便利な世界だったけれど、もう未練はない。
これからも、私はこの世界でみんなに助けてもらいながら生きていきます。

子育てしながら冒険者します
異世界ゆるり紀行
1~16
水無月静琉
Minazuki Shizuru
シリーズ累計
123万部(電子含む)突破!!
2024年7月7日~
TVアニメ
放送開始!!
(テレ東・BSテレ東ほか)
1~16巻
好評発売中!
コミックス
1~9巻
好評発売中!
異世界ゆるり紀行 子育てしながら冒険者します
水無月静琉
転生したら双子を保護しました。
子連れ冒険者の異世界のんびりファンタジー!
特別賞 受賞作!
子連れ冒険者ののんびりファンタジー!
神様のミスで命を落とし、転生した茅野巧。様々なスキルを授かり異世界に送られると、そこは魔物が蠢く森の中だった。タクミはその森で双子と思しき幼い男女の子供を発見し、アレン、エレナと名づけて保護する。アレンとエレナの成長を見守りながらの、のんびり冒険者生活がスタートする!
異世界ゆるり紀行 子育てしながら冒険者します
原作 水無月静琉
漫画 みずなともみ
1
転生したら、幼い双子を保護しました。
シリーズ累計15万部!!
子連れ冒険者の異世界のんびりファンタジー、コミカライズ開幕
●16巻 定価:1430円(10%税込)
1~15巻 各定価:1320円(10%税込)
●Illustration:やまかわ
●9巻 定価:770円(10%税込)
1~8巻 各定価:748円(10%税込)
●漫画:みずなともみ

月が導く異世界道中
Tsukiga Michibiku Isekai Dochu
あずみ圭
Azumi Kei
1~20
8.5
シリーズ累計
420万部
の超人気作!
(電子含む)
TVアニメ第3期
制作決定!!
1~20巻
好評
発売中!!
コミックス
1~14巻
好評発売中!!
illustration:マツモトミツアキ
月が導く異世界道中
あずみ圭
薄幸系男子の
成り上がり
ファンタジー、
開幕!
なんで
だろう
親の都合で
異世界へ
待望の
書籍化!
読者賞受賞作!
異世界へと召喚された平凡な高校生、深澄真。彼は女神に「顔が不細工」と罵られ、問答無用で最果ての荒野に飛ばされてしまう。人の温もりを求めて彷徨う真だが、仲間になった美女達は、元竜と元蜘蛛!?とことん不運、されどチートな真の異世界珍道中が始まった!
▶3期までに◀
原作シリーズも
チェック!
漫画:木野コトラ
【B6判】
月が導く異世界道中
1
あずみ圭
木野コトラ
シリーズ累計
29万部
とことん不運、されどチート!!
薄幸系主人公の異世界放浪記、コミカライズ第1巻!!
20巻 定価:1430円(10%税込)
1~19巻 各定価:1320円(10%税込)
14巻 定価:770円(10%税込)
1~13巻 各定価:748円(10%税込)

この作品に対する皆様のご意見・ご感想をお待ちしております。

おハガキ・お手紙は以下の宛先にお送りください。

【宛先】

〒150-6019 東京都渋谷区恵比寿 4-20-3 恵比寿ガーデンプレイスタワー 19F
（株）アルファポリス　書籍感想係

メールフォームでのご意見・ご感想は右のＱＲコードから、
あるいは以下のワードで検索をかけてください。

アルファポリス　書籍の感想　検索

ご感想はこちらから

本書は Web サイト「アルファポリス」（https://www.alphapolis.co.jp/）に投稿されたものを、改題・改稿のうえ、書籍化したものです。

偽聖女《にせせいじょ》はもふもふちびっこ獣人《じゅうじん》を守《まも》るママ聖女《せいじょ》となる 2

k-ing（キング）

2024年 7月 30日初版発行

編集－藤長ゆきの・宮坂剛
編集長－太田鉄平
発行者－梶本雄介
発行所－株式会社アルファポリス
〒150-6019 東京都渋谷区恵比寿4-20-3 恵比寿ガーデンプレイスタワー19F
TEL 03-6277-1601（営業）　03-6277-1602（編集）
URL https://www.alphapolis.co.jp/
発売元－株式会社星雲社（共同出版社・流通責任出版社）
〒112-0005 東京都文京区水道1-3-30
TEL 03-3868-3275
装丁・本文イラスト－緋いろ
装丁デザイン－AFTERGLOW
印刷－中央精版印刷株式会社

価格はカバーに表示されてあります。

落丁乱丁の場合はアルファポリスまでご連絡ください。

送料は小社負担でお取り替えします。


ISBN978-4-434-34194-6 C0093